骨なしオデュッセイア

野村喜和夫

幻戯書房

骨なしオデュッセイア　目次

（06:33AM、じゃ、さようなら）……003
（07:00AM、幽体離脱）……007
（07:52AM、電車に乗る）……013
（09:34AM、ターミナル駅）……019
（10:15AM、解雇通告）……025
（10:43AM、公園で暇をつぶす）……035
（11:05AM、ほらほら、これがぼくの骨）……045
（11:23AM、図書館で『無脊椎動物の驚異』を読む）……057
（11:53AM、レトロなビルでの出来事）……069
（00:00PM、目を覚ませ、もう正午だ）……077
（00:55PM、ランチに鰻を食べる）……081
（02:03PM、病院に父を見舞う）……087
（02:26PM、寝ているのは私だ）……099
（03:42PM、やってみろよ、骨栽培）……109
（05:31PM、一日延ばし倶楽部）……123
（07:02PM、骨に顔が咲く）……135
（08:29PM、皆既月蝕）……139
（09:23PM、無脊椎男とヘルマフロディット彩香）……153
（11:45PM、交信）……169
（11:56PM、一日の最後の恐るべきうようよ、うようよ）……177
（11:59PM、夢遊へと去る）……185

装幀　伊勢功治

（06：33AM、じゃ、さようなら）
（07：00AM、幽体離脱）
（07：52AM、電車に乗る）
（09：34AM、ターミナル駅）
（10：15AM、解雇通告）
（10：43AM、公園で暇をつぶす）
（11：05AM、ほらほら、これがぼくの骨）
（11：23AM、図書館で『無脊椎動物の驚異』を読む）
（11：53AM、レトロなビルでの出来事）
（00：00PM、目を覚ませ、もう正午だ）
（00：55PM、ランチに鰻を食べる）
（02：03PM、病院に父を見舞う）
（02：26PM、寝ているのは私だ）
（03：42PM、やってみろよ、骨栽培）
（05：31PM、一日延ばし倶楽部）
（07：02PM、骨に顔が咲く）
（08：29PM、皆既月蝕）
（09：23PM、無脊椎男とヘルマフロディット彩香）
（11：45PM、交信）
（11：56PM、一日の最後の恐るべきうようよ、うようよ）
（11：59PM、夢遊へと去る）

じゃ、さようなら、
浮く日付のうえ、ハロウィン付近、
夢遊へと、
去れ、
どこからかそんな声が聞こえてきて、

（06：33AM、じゃ、さようなら）

（07：00AM、幽体離脱）

（07：52AM、電車に乗る）

（09：34AM、ターミナル駅）

（10：15AM、解雇通告）

（10：43AM、公園で暇をつぶす）

（11：05AM、ほらほら、これがぼくの骨）

（11：23AM、図書館で『無脊椎動物の驚異』を読む）

（11：53AM、レトロなビルでの出来事）

（00：00PM、目を覚ませ、もう正午だ）

（00：55PM、ランチに鰻を食べる）

（02：03PM、病院に父を見舞う）

（02：26PM、寝ているのは私だ）

（03：42PM、やってみろよ、骨栽培）

（05：31PM、一日延ばし倶楽部）

（07：02PM、骨に顔が咲く）

（08：29PM、皆既月蝕）

（09：23PM、無脊椎男とヘルマフロディット彩香）

（11：45PM、交信）

（11：56PM、一日の最後の恐るべきうようよ、うようよ）

（11：59PM、夢遊へと去る）

じゃ、さようなら、私はそう言って、ベッドから起き上がり、たしかに夢遊へと去ったのだったが、もう朝だ、しかもそのうえ、ベッドに背骨が残ってしまったらしい、

というのも、まるで幽体離脱みたいでした、とあとで女がメールを送ってきたからだ、じゃ、さようなら、あなたはそう言ってベッドから起き上がり、寝ぼけているのかしらこの人、と私も目が覚めてしまって、となりのベッドで、横になったまま薄目を開け、ところが、ベッドから離れようとするあなたから、背骨だけ抜き出されたようにそこに残って、というか、背骨からあなたのほかの部分が、頭とか四肢とか胴体とかが、すーっと幽体のように離れて、そのままベッドの脇に出たと思うと、そそくさと着替えを済ませ、つまりパジャマを脱ぎ、シャツを着、グレーの格子柄のズボンを穿き、紺のジャケットを羽織って、それから床をすべるように、部屋の外へと歩いていったのです、えっ、なにこれ、啞然としつつ私も起き上がり、夢をみているんだきっと、そう思って目をこすり、目をあけ、まだ背骨がみえる、だから夢ではありません、背骨がみえ、名残惜しそうに、す

こし揺れているようにさえみえる、でも、

どうしたらいいのでしょう、あなたの残ってしまった背骨、

しかしもちろん、背骨をベッドに残してしまったなんて、そのときはまだつゆ知らず、私はまず、いつものように顔を洗い、髭を剃り、それから腹ごしらえだ、ダイニングキッチンに入って、コーヒーメーカーでエスプレッソを淹れ、それに沸かした牛乳を注いでカフェオレをつくる、オートミールにも牛乳をかけて、こちらは電子レンジでチン、と、いつもと全く同じ朝食への流れだが、ちがうのはいつもより一時間ほど早いこと、女がテーブルの向こうにいないこと、そう、これから私は夢遊へと去るのだ、見納めのダイニング、そして居間、灰色の皮のソファのうえには、女の持ち物であるウサギのぬいぐるみ、壁にはミロの版画の複製、これは私が買い求めたものだが、太陽と星と女とサボテン状と、まるで宇宙はそれらの基本要素に還元され、始原の空気のなかで遊びたわむれているようだ、そこからも私は離れ、でも夢遊である以上、これからの振る舞いや出来事をまっ

たく覚えていないまま、もとのベッドに戻る、ということもありうる、かもしれない、

浮く日付のうえ、

家を出る、家は環状線の外の住宅地にあって、女の所有になる一軒家だ、朝日を浴びたそのツートンカラーの外観を振り返りながら、まあ俺は居候みたいなものだから、ある意味、夢遊へと去るのがふさわしい、のかもしれない、

と思いつつ、晴れてあたたかい、むしろ暑い、この季節とは思えないほどだ、ハロウィンに加えて、インディアンサマーにちがいない、私は冬物のウールのジャケットを着ているが、要らないくらいだ、で、私はどこへ向かうか、夢遊へと去ったのはいいが、どこにも行くところがなく、何もすることがないことに気づく、いや、夢遊へと去ったからこそ、どこにも行くところがなく、何もすることがない、のかもしれない、奇妙な自由だ、あるいは空き時間が、両側が街路樹の

道を、ずうっと、空の青までつづいていて、そこに吸い込まれてしまいそうだ、とりあえず歩こう、駅まで行き、電車に乗り、ターミナル駅に出よう、そこに赴くべき勤め先がある、あった、あるだろう、そう、私は詩を書いている、つまり詩人だが、もちろんそれで生活できるわけではなく、いわゆる非正規として、さまざまな仕事についてきた、運送会社、夜警、学習塾講師、エロ雑誌編集、それらの勤め先のひとつが、ある、あった、あるだろう、

(06:33AM、じゃ、さようなら)

(07:00AM、幽体離脱)

(07:52AM、電車に乗る)

(09:34AM、ターミナル駅)

(10:15AM、解雇通告)

(10:43AM、公園で暇をつぶす)

(11:05AM、ほらほら、これがぼくの骨)

(11:23AM、図書館で『無脊椎動物の驚異』を読む)

(11:53AM、レトロなビルでの出来事)

(00:00PM、目を覚ませ、もう正午だ)

(00:55PM、ランチに鰻を食べる)

(02:03PM、病院に父を見舞う)

(02:26PM、寝ているのは私だ)

(03:42PM、やってみろよ、骨栽培)

(05:31PM、一日延ばし倶楽部)

(07:02PM、骨に顔が咲く)

(08:29PM、皆既月蝕)

(09:23PM、無脊椎男とヘルマフロディット彩香)

(11:45PM、交信)

(11:56PM、一日の最後の恐るべきうようよ、うようよ)

(11:59PM、夢遊へと去る)

電車に乗る、時間が早いせいか、いつもより空いている、乗客の多くはスマートフォンをみているが、私は吊り広告を読む、

全力で
何も起きない
一日を

とある、この電車の路線を運営する鉄道会社の広告だ、わが社は安全第一を心がけています、ということなのだろう、でもそれ以上の意味を放っているような気がする、ふつうは全力で何か起こそうとするだろう、全力で何も起こさないというのは、何か力学の基本に逆らっているような気がする、私はさらに、頭のなかで、全力を微力に換え、何も起きないを何か起きるに換え、一日は一日のまま、とそのように書き換えを試みて、つまり、

微力で

何か起きる
一日を

とやって、つい詩人の癖が出てしまったな、と苦笑いする、詩作とは、つまるところ先行する作品をどう書き換えるか、そこがキモなのであって、でも微力は全力のままのほうがいいかもしれない、そこで、

全力で
何か起きる
一日を

とさらに書き換え、でも何か起きるのはあたりまえだしなあ、結局、もとの広告コピーがいちばん面白いように思われて、じっさい、何も起きないというのは、何も欠けてはいないということ、すべてがゆたかに満ちあふれているということで、哲学的にも、宇宙論的にも、このうえもなく幸福な状態なのだ、きっと、と

思考をめぐらすうち、急に乗客が増え、腕時計をみると、いつのまにか時間が一時間ほど進んでいる、えっ、と思う、

（06：33AM、じゃ、さようなら）

（07：00AM、幽体離脱）

（07：52AM、電車に乗る）

（09：34AM、ターミナル駅）

（10：15AM、解雇通告）

（10：43AM、公園で暇をつぶす）

（11：05AM、ほらほら、これがぼくの骨）

（11：23AM、図書館で『無脊椎動物の驚異』を読む）

（11：53AM、レトロなビルでの出来事）

（00：00PM、目を覚ませ、もう正午だ）

（00：55PM、ランチに鰻を食べる）

（02：03PM、病院に父を見舞う）

（02：26PM、寝ているのは私だ）

（03：42PM、やってみろよ、骨栽培）

（05：31PM、一日延ばし倶楽部）

（07：02PM、骨に顔が咲く）

（08：29PM、皆既月蝕）

（09：23PM、無脊椎男とヘルマフロディット彩香）

（11：45PM、交信）

（11：56PM、一日の最後の恐るべきうようよ、うようよ）

（11：59PM、夢遊へと去る）

空き時間を縫合しながら、あるいはパーツだ、パーツを組み合わせることによってさまざまな造形を作り出すブロック遊び、

のように、街だ、
ふくらはぎがみえている、
若い女の、良いふくらはぎだ、
ふくらはぎに、蟻の列がみえている、
私は追う、蟻がふくらはぎを登り、
ひかがみへ達するまで、いや文字列だ、
ふくらはぎに、文字列がみえている、
さっきまで私は詩を書きあぐねていた、
その詩が、目の前のふくらはぎで、
ついに完成したかのよう、私は追う、
夢ではない、ターミナル駅の雑踏のなか、
マングローブの森のような、無数の脚の交錯のなか、

ふくらはぎがみえ、文字列がみえている、
アルファベットだ、私はアルファベットでは詩を書かない、
すると、くそっ、私以外の誰かがそこに書いたのか、
ふくらはぎが揺れると、文字列も揺れる、
私は追う、ふくらはぎは女に属している、
女は公共に属している、追うしかない、
よくみると、女はストッキングを穿いている、
そうか、文字列はその表面にプリントされているのだ、
ふくらはぎが揺れると、文字列も揺れる、私は追う、
ふくらはぎが階段を登ると、文字列も登る、
私は追う、老いるまで追う、
老いているから追う、

浮く日付のうえ、

どうしたらいいのでしょう、あなたの残ってしまった背骨、

おいおい、俺はちゃんとここにいて、背骨だってあるよ、でなきゃ、歩けないだろうが、と私は歩きながら女に返信する、ターミナル駅には、普通の通勤通学の人の流れのほかに、ハロウィン・パーティーの徹夜明けなのだろう、フランケンシュタインの怪物やら悪魔やら魔女やら、仮装したままの若い男女がたむろしている、血を流している者もいる、もちろん絵の具で描かれた血だが、そのあいだを抜けながら、しかし人とぶつかるので、私はいったん立ち止まり、そして返信しつづける、たしかにおまえと別れたくて、部屋を出て、そのままこうして夢遊へと去ったけど、それとこれとは話が別だしさ、幻覚、幻覚じゃないのか、ベッドに残ったという俺の背骨、

それにしても、いつからこんなにハロウィンがこの国に定着してしまったか、ハロウィンとは、もともとはケルト民族の、秋の収穫を祝い、悪霊などを追い払う宗教的行事であって、それがキリスト教の万聖節といわば神仏習合して、主に

アメリカで民間行事として定着したのではなかったか、キーワードはおそらく仮装だ、つまり仮装によって、若者特有の変身願望が、多少とも満たされるのではないのか、

ハロウィン付近、

まれに、
古い日付がまぎれこんだりして、

（06:33AM、じゃ、さようなら）

（07:00AM、幽体離脱）

（07:52AM、電車に乗る）

（09:34AM、ターミナル駅）

（10:15AM、解雇通告）

（10:43AM、公園で暇をつぶす）

（11:05AM、ほらほら、これがぼくの骨）

（11:23AM、図書館で『無脊椎動物の驚異』を読む）

（11:53AM、レトロなビルでの出来事）

（00:00PM、目を覚ませ、もう正午だ）

（00:55PM、ランチに鰻を食べる）

（02:03PM、病院に父を見舞う）

（02:26PM、寝ているのは私だ）

（03:42PM、やってみろよ、骨栽培）

（05:31PM、一日延ばし倶楽部）

（07:02PM、骨に顔が咲く）

（08:29PM、皆既月蝕）

（09:23PM、無脊椎男とヘルマフロディット彩香）

（11:45PM、交信）

（11:56PM、一日の最後の恐るべきうようよ、うようよ）

（11:59PM、夢遊へと去る）

出社すると、雑居ビルの7階だが、ぺこりと編集長その他に挨拶して、窓の近くの自分の机に行き、座る、窓に映った自分の姿がみえる、髪もふさふさして、おそろしく若い、そうかここは以前働いていた職場だ、そこに私は戻っている、あるいは、私はまだふくらはぎを追いつづけていて、alter ego なのかここにいるのは、やや離れたところの机には上司の京極さんがいて、女性だが、なんか様子がおかしい、いつもならろくに言葉を交わすこともないまま私は仕事に移ってしまうのだが、きょうは京極さんの方から妙にとりついて、どうですか仕事は、とか、コーヒー入れましょうか、とか、どうでもいいことでしきりと間をもたせ、私を仕事から引き離そうとする、しまいには立ち上がって、ほんとうにコーヒーを入れ、接客用のソファにいったんは腰を下ろして私を呼んだが、そこでは話がしづらいらしく、すぐに外の喫茶店に行こうという、なんか変だな、とは思いながらも、いつもあまりに寡黙に仕事をしていた私なので、たまには外で話でもして、少し職場の空気になじませようという編集部のはからいなのだろう、ぐらいに私は解釈して、喜んで出かけた、会社の前の通りを渡ってすぐの、古いたたずまいの喫茶店、いやもし過去に戻ってしまっているなら、そんなに古いたたずまいではないかもしれない、見渡すと、茶系を基調にしたアンティークな内装、カウンターの長いテーブルのうえには、コーヒーを淹れるサイフォン式の容器がいくつも並んでいる、いつからか、スターバックスが出来てからか、私はエスプレッソを好むようになり、サイフォンやネルドリップで淹れるコーヒーはやや苦手だ、そう思いながら、

店内に入ってからも、京極さんの妙に私に気を使うような態度は変わらない、ざっくばらんに言いますけど、というような言い方を二度も三度も口に出して、それから先へは一向にすすまないか、脱線してしまうかで、早くもコーヒーを飲み干し、たばこも2本目を吸い終わろうとしている、京極さんは30代半ばぐらいの女性だが、かなりのヘビースモーカーだ、ニコチン依存症かもしれない、私は一瞬、彼女の黒い肺を想像する、真っ黒に染まったパセリのように広がる肺葉、パンしていくと、子宮まで黒いか、いやそんなことはないだろう、子宮はまだ鮮

やかなピンクのはずだ、とそこまで妄想がすすんで、そうか、と私は思い至った、京極さんは私に恋の告白をしようとしているのだ、でなければこんなにぐずぐずしないだろうし、でも、困るなあ、こっちは京極さんに特別な気持ちもってないし、ましてや、性的な対象としてみたことなんか一度もないし、ボブヘアに赤いフレームの眼鏡、それは少し魅力的だが、どうやって断ろうか、やんわりとがいいか、きっぱりとがいいか、などと待ち受けていると、ざっくばらんに言って、とまた始まった、

幻覚、幻覚じゃないのか、

するとその私のコメントを否定するように、女は画像を添付してきた、ベッドのうえに、掛け布団を取り払った白いシーツのうえに、たしかに骨らしきものが写っている、ただの骨ではない、うっすらと椎骨が連鎖している様子までみえて、背骨といわれれば背骨だ、ほかのたとえば肋骨とかはない、すっきりと一本の背骨、しかも立っている、背骨が立っている、やや曲がって、すっくと一筋、とい

うわけにはいかないにしても、立っている、ありえないことだ、ということは、女が骸骨の模型でも買ってきてそこに置いたのか、いや、そんな時間はなかったはずだが、仮に模型を置いたのだとしても、でもなぜそんなことをするのか、夢遊へと去った私への嫌がらせなのか、あなたの遺伝子なんか欲しくないし、と言ったのは女のほうだったのに、

あれは何年まえだったか、女はそんなふうに言ったけれど、本心でないことはわかっていた、女には仕事があり、プライドがあり、それでイライラしたりもして、つい言葉遣いが修辞的にとげとげしくなることはあっても、それは一種の照れかくしでもあり、ほんとうは私との、もっとふつうの言葉でふつうになごみ合えるような時間がほしかったのだろう、私は知っている、女はほんとうは弱く、壊れやすく、もっともっと私の思いやりを必要としていたことを、ところが、

たしかに大した遺伝子じゃない、と私も挑発に乗ってわめいてしまったのだった、エリートじゃないし、収入も高くないし、どころか非正規だし、詩なんか書

いているし、じゃあ筋肉のほうはというと、小学校からスポーツはからきし駄目だった、でもさ、ざっくばらんに言って、おまえだって、

ざっくばらんに言って、と京極さんは言う、うちの雑誌は売れ行きが芳しくないんですよね、

――いや、いまはどこも雑誌は苦戦でしょうが
――ええ、そうなんですけど、とくにうちはね、きびしい、いまエロ雑誌なんか誰も読まないでしょ
――そんなことないですよ、紙媒体には紙媒体のよさがある
――まあそうだけど、売れないという現実はどうにもならなくて、それで値段も据え置いているし

で、そんなわけで、会社を維持するには人員を減らすしかないんだけど、と京極さんはさらに言って、灰皿でたばこをもみ消した、はあ、と私は曖昧にうなず

き、酸っぱいコーヒーに口をつけた、誰かやめさせられるんだろうか、でもそれと恋の告白と、どう関係があるんだろう、と私は、まだ事の次第に気づいてなくて、こういう勘の悪さが私の人生をだめにしてきたのだろうが、やや間を置いて、京極さんが私の経済状態などを聞き出したとき、やっとわかったのだった、そうか、やめさせられるのはほかならぬこの私だ、京極さんの言うには、非正規の人にやめてもらうしかないということになって、編集長とも話し合った結果、入っていちばん日が浅い私が選ばれたとのこと、なるほどなるほど、そういうことだったんですか、

——いいえ、ぼくは全然かまいません

——ほんとですか

——ほんとです、リストラされたからって、べつに飢え死にはしないと思いますし、またほかの働き口を探せばいいわけですから

——そう言っていただけると、助かります

——それより何より、みなさんがんばって部数を伸ばしてください

——もちろんです

——ぼくにとってもそれがいちばんうれしいことですから

——助かります

——ええ、全然かまいません

言いながら、私は目をつむる、むかし、

むかし男がいた、プリュームという男で、旅をすみかとしていたが、あまり人から丁寧に扱われたということがない、ある者は警告なしに彼のうえをずかずかと踏んで通るし、またある者は彼の背広で平然と手を拭いたりする、しまいにはそういう扱いにも慣れてしまった、目立たぬように旅するのが好きだし、つまらぬ揉め事なんか起こしたくないのだ、たとえばあるとき、泊まろうと思ってホテルに入っていったが、フロント係から、おいおい、そんな遠いところからわざわざ眠りにきたっていうのか、さあトランクと荷物をもって、いまが一日のうちでいちばん歩きやすい時刻だぜ、と言われると、ごもっとも、ごもっともです、もちろんこれは冗談でして、ええ、ほんの冗談のつもりで泊まろうとしただけでして、そう言って、彼はまた暗い夜道に出、とぼとぼと歩いていく、これでもまあ、旅ができない人たちよりはましだろう、そう彼は思うのである、

（06：33AM、じゃ、さようなら）
（07：00AM、幽体離脱）
（07：52AM、電車に乗る）
（09：34AM、ターミナル駅）
（10：15AM、解雇通告）
（10：43AM、公園で暇をつぶす）
（11：05AM、ほらほら、これがぼくの骨）
（11：23AM、図書館で『無脊椎動物の驚異』を読む）
（11：53AM、レトロなビルでの出来事）
（00：00PM、目を覚ませ、もう正午だ）
（00：55PM、ランチに鰻を食べる）
（02：03PM、病院に父を見舞う）
（02：26PM、寝ているのは私だ）
（03：42PM、やってみろよ、骨栽培）
（05：31PM、一日延ばし倶楽部）
（07：02PM、骨に顔が咲く）
（08：29PM、皆既月蝕）
（09：23PM、無脊椎男とヘルマフロディット彩香）
（11：45PM、交信）
（11：56PM、一日の最後の恐るべきうようよ、うようよ）
（11：59PM、夢遊へと去る）

喫茶店を出て、会社には戻らず、だって戻る必要がないから、そのまま街を歩く、通りの両側は、幅も高さもデザインもまちまちなビルが連なる、たしかこのあたりに、場外馬券の売り場があったはずだが、移転してしまったのだろうか、交差点に出た、頭に手をやると髪が薄い、ということは、いつのまにかいまの私に戻っている、見上げると青空、飛行機雲、ということは、明日あたり雨か、右手に公園が展開し始めたので、中に入る、午前中だというのに、公園にはちらほらサラリーマン風の男がいて、スマートフォンの画面を覗いたり、ぶらぶら歩いたりしている、解雇されたやつもいるかもしれない、

喫茶店ではあれから京極さんは恐縮してしまって、解雇の理由はあくまでも昨今のコスト削減であって、私の仕事ぶりが駄目だったからというのではまったくない、と繰り返し強調し、しすぎるものだから、ほんとうはたとえば、私があまりに寡黙に仕事をするので、なにかメンタルに問題があるんじゃないか、という結論になって、でもそれで解雇するわけにもいかないし、そこで別の、もっと体のいい理由を考えたのではないか、

ええ、ええ、わかってます、と私も恐縮して、とすれば、やはり私には骨がないのかもしれない、もちろん比喩的な意味でだが、と私は苦笑し、骨抜き、無駄骨、骨折り損、などという言葉も思い出し、しかしやはり、嫌がらせにもほどがある、と思い、いや、京極さんじゃなくて、画像を送ってきた女のほう、

でも、考えてみれば、骨がないからこそ古い日付に飛び移ったりもできるのかもしれない、背骨とは堆積した時間の秩序だ、それがなければ人はどこにだって飛んで行けるぞ、

まさか、と女はメールで言う、まさか背骨が残るわけない、と思って、あなたのベッドに這い寄り、背骨にさわってみました、硬い、そしてまだあたたかくて、こころなしか濡れている、ところどころ血もまじって、たったいまそこから肉が剝がれたことの証し、というように、骨だ、ほんとに骨だ、私はなぜか興奮して、恐怖よりなにより、興奮して、それから、背骨をすこし引っ張ってみました、で

もだめ、全然動かない、背骨はシーツにしっかり食い込んでいて、まるでそこに根を張ったみたいなんです、

そうか、俺の背骨は根を張っているのか、別れようとしている女のところで、何の意味もなく、と私はふたたび苦笑し、でも同時にいま公園を歩いてもいる、こんな離れ業も、いま俺に背骨がないからこそできるのかもしれない、そう思うことにして、私はベンチに座った、

右手にもベンチがあり、そこには私そっくりの中年男が、着ている服も同じで、紺のウールのジャケットにグレーの格子縞のズボン、そして私と同じようにスマートフォンを覗いている、だから右手には、ベンチではなく姿見の鏡が立て掛けられているのではないか、試しに右手を上げてみると、男は上げない、ということは、やはりたんに私そっくりの男が、alter ego なのか、隣にいるということなのだ、この広い世界では、たまにはこういう現象も起こりうるのだろう、

おかしい、めちゃくちゃおかしい、私は背骨とそれ以外の部分に幽体離脱したかと思えば、私と私のそっくりさんに分裂増殖したりする、私たちは、私と私のそっくりさんは、どこから来て、どこへ行くのか、

私は正面を向くことにする、目の前に二本の樹木がみえている、その樹木への関係がいまの私のすべてだ、背骨がないせいか、幹状のものに惹かれるのかもしれない、一本は枯れてしまったか、すでに葉を落としている白樺で、もう一本は大柄な葉を茂らせている名前のわからない木、一本は名づけられ、枯れてしまっている、一本は名づけられないまま、ますます葉を茂らせ、私は距離をはかることができない、近い、近すぎるのだ、名前がないということは、私はその木になってしまいそうで、

近い、近すぎるのだ、そういえばむかし、

またむかし男がいた、ロカンタンという男がいて、似たような体験をしたので

はなかったか、いやもっと激しい体験だった、彼はマロニエの根をみていた、けれども、それが根であるという意識はなくなっていた、ただ黒々と節くれ立った塊に面と向かっているだけ、するとどうだろう、マロニエという名も消えてしまって、つまり言葉が脱落してしまって、それと同時に、なにやらぶよぶよした、奇怪な無秩序の塊が、その恐ろしく淫らな存在の裸身のままに、怪物のようにあらわれてきたのだ、

ロカンタンは吐き気を催した、私はどうか、近い、近すぎるのだ、というだけで、吐き気は起こらない、むしろ眩暈、かるい眩暈だ、それが治まると私は立ち上がり、また歩き出す、電線に鳥がとまっているのがみえる、

——寄る辺ないねえ
——ああ、寄る辺ないねえ
——どこへ行こうか、ラララな俺たち
——ラララな鳥だもの、どこへだって行けるさ

スズメだろうか、いままで電線の鳥なんてじっとみつめたことのない私だが、解雇されてみると、世界が心なしか広くなったようにみえる、

おめでとう、解雇日和、
いやちがった、
インディアンサマー、

暑い、私は上着を脱ぐ、やがて大きな産婦人科病院の建物がみえてきた、黄土色の壁のひろがりの割には窓の少ない、いわば要塞のような建物で、私はふと、むかし訪れたことのある南西フランスはアルビのカテドラルを思い出した、その通用門のようなひっそりとした入口に、生殖医療外来、という看板が掲げられているのを眼にして、思わず立ち止まる、なかで何が行なわれているのか、いずれにしても、ひとりよりふたりのほうが世界は深い、と思う、深く、かつ、不幸だ、

そうして有限個の泥のエクスタシーにまみれながら、

こうしてふたたび、ふくらはぎだ、
ふくらはぎが揺れると、文字列も揺れる、
私は追う、ふくらはぎが階段を登ると、
文字列も登る、ゆらゆら登る、
ふくらはぎは女に属している、
女は公共に属している、私は追う、
追うしかない、ふくらはぎが笑うと、
文字列も笑う、公共も笑う、
馬鹿な、ふくらはぎが歌うと、
文字列も歌う、公共も歌う、
馬鹿な、私は追う、
追うしかない、

（06：33AM、じゃ、さようなら）
（07：00AM、幽体離脱）
（07：52AM、電車に乗る）
（09：34AM、ターミナル駅）
（10：15AM、解雇通告）
（10：43AM、公園で暇をつぶす）
（11：05AM、ほらほら、これがぼくの骨）
（11：23AM、図書館で『無脊椎動物の驚異』を読む）
（11：53AM、レトロなビルでの出来事）
（00：00PM、目を覚ませ、もう正午だ）
（00：55PM、ランチに鰻を食べる）
（02：03PM、病院に父を見舞う）
（02：26PM、寝ているのは私だ）
（03：42PM、やってみろよ、骨栽培）
（05：31PM、一日延ばし倶楽部）
（07：02PM、骨に顔が咲く）
（08：29PM、皆既月蝕）
（09：23PM、無脊椎男とヘルマフロディット彩香）
（11：45PM、交信）
（11：56PM、一日の最後の恐るべきうようよ、うようよ）
（11：59PM、夢遊へと去る）

それだけではありません、と女はつぎのメールで言う、あなたの背骨をベッドから引き離すことはあきらめて、仕方なく、それをじっとみつめました、するとどうでしょう、

ほらほら、これがぼくの骨、

と、それは言葉さえ発するではありませんか、思わずのけぞり、気味悪くなりました、骨が口をきくなんて、しかも、まぎれもなくあなたの声です、マスクしたときのような、くぐもった、シニカルなあなたの声、でもそれはどこから出ているのか、気味悪さをこらえて、背骨の上から下まで、繋ぎ目のひとつひとつにいたるまでチェックしてみました、でも、どこにも口らしきものはみつかりません、

あたりまえだろ、骨に口があったら化け物じゃないか、それにしても、ほらほら、これがぼくの骨？　どこかで聞いたせりふだ、と私は思う、そうだ中也じゃ

ないか、中原中也、その晩年の詩のどこかにそっくりのフレーズがあったはずだ、以前読んだ記憶がある、あれはたしか、死んだ男の霊魂が野ざらしになった自分の骨と対面するという設定で、語っているのは骨ではない、男の霊魂だ、霊魂が骨に向かって、これがぼくの骨か、と感慨深げに言葉を発するのではなかったか、

実をいえば、中也の詩は苦手で、好きなのだが苦手で、つまり俺は中也になれないからこそ詩を書いているんだ、という思いがあり、

女はつづける、私はまたあなたの背骨をじっとみつめました、あるいはまじまじと、穴があくくらいまじまじと、すると背骨は、なんといったらいいのか、まるで私を全身でみつめ返すみたいに、いたずらにしらじらと突き立ち、光沢もなく、こんな骨が、いつかは私を抱いたこともあったのかと思うと、今度はおかしくて笑い出しそうになり、

笑うなよ、たしかにおまえを抱いたさ、抱きまくったさ、そのときはおまえの

うえで、あるいはうしろで、俺の背骨がうねったかもしれない、三十数個もの椎骨の連鎖からなる背骨、それがぎくしゃくとうねり、まがり、射精のときはそこを電流が走って、とりわけ仙椎、および尾椎のあたりが小刻みに震えて、さぞかしみっともなかったことだろう、

でも、さらにみつめつづけると、見ているのもぼく？　と骨はさらに言葉を発しました、ちがうちがう、と私は答えました、見ているのはあたし、たしかにあなたは、幽体離脱みたいに分裂してふたつになったけど、片割れのほうはいまごろ街をほっつき歩いていて、ここにいないの、だから見ているのはあなたではなく、あたし、あなたと暮らしていたあたし、わかる？　するともう骨は何も言わなくなって、私もなんだかすこし言い過ぎたような気になって、それにいつまでも骨にかかずらっているわけにもいかず、骨はそのままにして、部屋を出ました、

背骨とは沈黙の一形式である、

見ているのもぼく？　私はまた思い出した、これも中也そっくりのせりふだ、
どこまで女は私をからかえば気が済むのか、それともほんとうに骨は言葉を発し
たのか、しかしまあ、できれば、見ているのも私でありたかった、そうであれば、
まさにalter ego、

――私は骨だ
――霊魂でもあるよ私は
――私はもう動けない
――歩いているじゃないか
――じゃ、どこへ行こうか
――と訊きたいのはこっちだよ
――つらいなあ、私はこの地上でひとりぼっちだ
――私がいるじゃないか、きみのそばに
――こんなに孤独でいいのだろうか
――私なんかもっと孤独だよ

——どうして？
——きみに私がみえるかい
——みえない
——だろ？　きみは骨だ、私にはきみが見えている、ところが誰も私をみることができない、これ以上の孤独があるだろうか

部屋を出て階下に降り、朝の用事をいろいろ済ませて、テレビでは朝のワイドショーの最中です、官僚と政治家の持ちつ持たれつ的な政局のあとは、日替わりの健康特集となり、きょうのテーマは、舌は老化のバロメーター、面白そうなので立ち止まり、すると、妙にテレビ慣れした初老のちびの白髪のドクターが、フリップを掲げながら、もっと舌を動かしましょう、とかいうと、録画画面に切り替わり、大写しの舌が自らをまるめたり、ひろげたり、ちらっとそれもみて、なんだかとても嫌らしい、

それはまあそうだろう、口や舌は性愛の器官でもある、それがいま、朝のテレ

ビで大写しにされていると思うとおかしい、モデルはたぶん若い女性だろう、そのぬらぬらと照り輝くピンク色の舌が、くるりとまるめられたり、べろーんとひろげられたりしているわけだ、全国の主婦がそれをみている、こっちはただ想像するだけだが、おかしい、たまらなくおかしい、

それからふたたび部屋に戻ると、背骨はありました、窓のカーテンの隙間から射す光には届かず、影のなか、浮かび上がって、だから幻覚ではありません、あなたの背骨、私たちの寝室のベッドに残って、まるでそこから生えたみたいになっているあなたの背骨、でも、

どうしたらいいのでしょう、

とまた女は訊いてくる、撤去してくれ、業者でもなんでも呼んで、思わずそう言いたくなったが、それも不安だ、撤去されたからといって、背骨が私に戻ってくるわけでもあるまいし、どころか、ゴミ扱いされて焼却場行きになるのではな

いか、いや、そのまえに、発見されてしまうかもしれない、人の骨なのだ、犯罪との関係を調べるため、鑑識課とか司法解剖にまわされるのではないか、そしてＤＮＡとかを採取されて、そのあと、そのあとどうなるのだろう、

背骨とは沈黙の一形式である、

なにはともあれ、女を介して、背骨と私との関係は保たれている、かろうじて、保たれている、それでいいのではないか、そうすれば、遠隔とはいえ、もとは一体だった両者だ、テレパシーのように、はるかに感応しあい交信するというようなことも、このさき、起こりうるのではないか、そう思い直し、

あらためてじっとみつめると、いつのまにか、背骨はひりひりと乾いて、どころか、いまにもひび割れができてしまいそう、するとなんだかかわいそうで、あわれで、私は思わず、水をかけてやりたくなりました、むずかしい愛です、でもふたたび階下に降り、庭に出て、如雨露を探しました、それが何かすごく意味の

あることのように思えて、つまり、もし如雨露がみつからなかったら、あなたの背骨も消えてしまうような気がして、だから必死に探して、でもあるはずはありません、家に鉢植えの植物なんてひとつもないのですから、あれはいつだったか、

と女は思い出していたにちがいない、まだ一緒に暮らし始めて間もない頃、ふたりで首都から50キロ南の温泉に行ったことがあった、その帰路、ふとサボテン園に寄った、なんとさまざまな種類のサボテンがあることだろう、巨大な青い音叉を立てたようにすっくと伸びたやつ、青い煎餅をつぎつぎとジグザグに接合したようなやつ、それから網掛けのように棘に覆われた球体状のものもあって、女は売店でなんとなくその販売用をみていたが、大丈夫、砂漠の植物だからあまり水やりの必要もありません、とか売り子に言われるまま、衝動的にそれを買い求めてしまったのだった、ところが、家に持ち帰ってきたその鉢植えのまんまるいサボテン、女はそれを、たちまちのうちに枯らしてしまい、以来、植物の世話はとても自分には無理だと、

で、私はガレージから車を出して、いつもはあなたが運転している車です、ちょっと不安だったけど、思い切ってハンドルを握って、行きつけの大型スーパー兼ホームセンターに行きました、いたるところカボチャです、カボチャが笑っています、そうかハロウィンか、と納得して、でも、人面を模した黄色い紙のカボチャの目と口がくり抜かれて、なんで、なんで笑ってるの、とか思いながら、いつからこの国でもこんな飾りをするようになったんだろう、とかも思いながら、ホームセンター棟の園芸コーナーに行って、ようやく如雨露を見つけ出しました、ただちに買い求めて家に戻り、如雨露に水を入れ、それから階段を上がり、寝室に戻りました、骨はありました、それがあなたの背骨だと確認して、当たり前だけど、ほっとして、

（06：33AM、じゃ、さようなら）
（07：00AM、幽体離脱）
（07：52AM、電車に乗る）
（09：34AM、ターミナル駅）
（10：15AM、解雇通告）
（10：43AM、公園で暇をつぶす）
（11：05AM、ほらほら、これがぼくの骨）
（11：23AM、図書館で『無脊椎動物の驚異』を読む）
（11：53AM、レトロなビルでの出来事）
（00：00PM、目を覚ませ、もう正午だ）
（00：55PM、ランチに鰻を食べる）
（02：03PM、病院に父を見舞う）
（02：26PM、寝ているのは私だ）
（03：42PM、やってみろよ、骨栽培）
（05：31PM、一日延ばし倶楽部）
（07：02PM、骨に顔が咲く）
（08：29PM、皆既月蝕）
（09：23PM、無脊椎男とヘルマフロディット彩香）
（11：45PM、交信）
（11：56PM、一日の最後の恐るべきうようよ、うようよ）
（11：59PM、夢遊へと去る）

そうか、どうしてもそこに俺の背骨があってほしいんだな、まあそういうことにしておこう、むかし、

またむかし男がいた、グレゴール・ザムザという男がいて、ある朝目が覚めると、化け物みたいな昆虫に変身していた、あの話よりはましだろう、俺の背骨の場合、どうやら如雨露で水までかけてもらえそうだから、家族の扱いが全然ちがう、それに背骨以外の部分は、こうして外に出て、あちこち歩き回ることもできる、背骨がなければ歩けないとは思うものの、背骨がなくても歩けるのが、夢遊の夢遊たるゆえんかもしれない、いずれにしても、ここの俺には背骨がない、ということは、無脊椎動物と同じだな、そう思いながら私は、公園の脇の図書館に入り、

グレゴール・ザムザはしかし、虫でありながらそのことに無自覚であった、滑稽なまでに、いつまでも人間だと思っていた、ま、わからぬでもないけど、アイデンティティというのは、幻影肢みたいに、それがなくなってしまってからも主

体のふるまいのなかに残留するものなんだな、きっと、俺だって、理屈では分かっていても、感覚としては、ほら、背骨がまだあるつもりで歩いているじゃないか、

そう思いながら私は、公園の脇の図書館に入り、するとそこにも、受験生や老人に混じって、サラリーマン風がちらほら、なかには失業中の者もいるかもしれない、じゃ、行ってくる、彼はそう言って玄関を出たのだった、つまり、まだクビになったことを家人に言えないのだ、どうしても言えないのだ、それで会社に行くふりをして、途中から別の道を辿り、図書館に行く、お目当ては推理小説コーナー、そこから任意の一冊を取り出し読み始める、それが日課となって、いまや彼は、その図書館にあるあらかたの推理小説を読破してしまった、なかでもいちばん気に入っているのは、

ちがう、そうではない、私はそうではない、無脊椎動物と同じだな、そう思いながら図書館に入り、ほかならぬその無脊椎動物について調べ始めるのだ、まず

は自然科学コーナーをうろうろし、生物学の書架にぶちあたって、そこからひょいと手に取った『無脊椎動物の驚異』によれば、

なんでも、この惑星上に存在する哺乳類は約4500種にすぎないが、無脊椎動物は一千万から三千万種も存在し、動物種全体の99・5パーセントを占めているという、

そうか、俺は家を出て、会社からもリストラされ、徹底的にマイナーな存在になっちまったけど、同時に、背骨を失くすことによって、途方もなくメジャーな存在にもなったということだ、まいったか、99・5パーセントだぞ、生きとし生けるものの、なんと99・5パーセントは俺の仲間なのだぞ、

たとえば蛾だ、むかしむかし、いや、それほど昔のことではないが、蛾は生きている人々の家の窓に身を打ちつける亡霊だと考えられていた、すなわちはばたく亡霊、涙に集まる蛾もいる、といっても、ヒトの涙ではなく、牛らしいが、そ

の蛾が牛の目の下に翅を広げてとまっている様子は、顔を守る鎧のようにみえるという、

だが、とりわけ気味悪いのはメクラウナギの生態だ、ミミズの化け物のようなそのぬるぬるうねうねした体だけでも嫌らしいが、彼らは深海の掃除人ともいうべき存在で、海底に沈んだ動物の死体の口や肛門などから体内に入り込み、骨と皮を残してあとはすべて食い尽してしまうという、

私はさらに『無脊椎動物の驚異』を読みすすめた、

厳密にいうとメクラウナギは無脊椎動物ではない、脊索と呼ばれる棒状の支持器官の先端に脳を納める頭蓋を獲得する段階までは、われわれと共に進化の道をたどってきた、しかし、われわれがそれ以降に本物の背骨を獲得していったのに対して、独自の進路をたどったのだ、その結果、まるで原始的な前脊椎動物にまで退化してしまったような印象を与えることになった、すなわち、メクラウナギ

には原始的な心臓が7個あり、鰓《ひれ》そして皮膚に密に張りめぐらされた毛細血管を用いて呼吸している、しかし、皮膚を切っても血が出ない、さらに胸の悪くなることには、ヘビのように身をくねらせ、陰茎に似た色形をして、人間の精液に似た物質を大量に放出する、

陰茎に似た色形か、見方を変えれば、メクラウナギに似た色形のものを、男はぶら下げている、ともいえる、と考えると、なんだかとてもおかしい、朝のワイドショーで女がちらっと見たというあの舌の体操のようにおかしい、

そういえばついこのあいだ、冷やかし半分に、いわゆるニューハーフを抱いたことがあった、ターミナル駅の近くのとある風俗店でだが、どーぞー、とママの低い声に迎えられ、コースの説明から相手選びに移ると、並べられたプロフィールに「有・有」「有・無」「無・無」と書かれている、これは何、と訊くと、棒とタマの有無よ、とママは言う、「有・有」は棒も玉もありで、「有・無」は棒だけということ、そうか、と私は、数学にも似たこの簡潔な記述の方式に感心しなが

ら、しかし順列の可能性を尽くすなら「無・有」もあってしかるべきではないか、それとも、棒がなくタマだけというのは医学上ありえないのか、などとも考えながら、「有・無」の彩香さんを指名したのだったが、

あらわれたのは、膝丈のスカートを穿いて、すらりと伸びた脚、くびれた腰、豊かに盛り上がった胸、などなど、どうみても女性だが、わずかに広すぎる肩幅と顎のあたりの輪郭が、どことなく男の名残りをとどめているようで、しかし顔貌は、ほんとうに美しい、高い鼻梁、愁いを帯びた瞳、だが派手に反り返った付けまつ毛、奇妙に野太い声、それら自然と人工とが、あたかも精緻なモザイク模様をなして展開し、

有ることと有ること、有ることと無いこと、無いことと無いこと、無いことと有ること、

人生はおかしい、どう考えてもおかしい、

図書館から出るとき、ついでに、入口近くのグラフィック本コーナーを覗き、BONESという写真集を手に取る、魚類から哺乳類まで、こちらはさまざまな脊椎動物の骨格標本が収められている、おお、きれいじゃないか、命という動力を失い、毛皮や羽、うろこなどの装飾も脱ぎ捨てた動物たちの骨格が、しかしまた異様なほど美しいのだ、獰猛な口蓋の上に載ったハンマー状の巨大な骨、それが無機質な精巧なレーダーのようにもみえるシュモクザメの頭蓋をはじめ、見事なS字を描くチリーフラミンゴの首の骨、ハブの繊細な骨の重なりなど、暗黒に浮かび上がるそれらの白い輝きをみていると、

俺の背骨よ、負けるな、

という気分にもなる、だがどうやってそれを伝えたらいいのだろう、女を間に立てるしかないが、背骨のないここの私が、かしこの私の背骨に向かって、負けるな、と激励するというのも、なんだかおかしい、私の背骨がかつて女を抱いた

こともあったということよりも、たぶんもっとおかしい、
そのあいだにも夢遊は、夢遊の私は、骨のないところをみせて、果てしなく、
どこか一本の竿を登ってゆくのであるか、

という幻視、

一本の竿、
ほかにはなにもない、
見渡すかぎり灰色の空がひろがるだけ、
そして竿を登る私、
うしろを振り向くこともなく、
黙々と竿に絡み、屈伸し、
よじ登っていく私、
私がみえる、

だが転落しそうだ、解雇され、非正規を転々とするうち、階級的な下層へ、下層へ、すると絶望的な感じになり、気が滅入って、何をしても気が晴れず、自分が何の価値もない人間のような気持ちになり、子供がいたら子供も一緒に転落するだろう、だからいなくてよかった、

（06：33AM、じゃ、さようなら）
（07：00AM、幽体離脱）
（07：52AM、電車に乗る）
（09：34AM、ターミナル駅）
（10：15AM、解雇通告）
（10：43AM、公園で暇をつぶす）
（11：05AM、ほらほら、これがぼくの骨）
（11：23AM、図書館で『無脊椎動物の驚異』を読む）
（11：53AM、レトロなビルでの出来事）
（00：00PM、目を覚ませ、もう正午だ）
（00：55PM、ランチに鰻を食べる）
（02：03PM、病院に父を見舞う）
（02：26PM、寝ているのは私だ）
（03：42PM、やってみろよ、骨栽培）
（05：31PM、一日延ばし倶楽部）
（07：02PM、骨に顔が咲く）
（08：29PM、皆既月蝕）
（09：23PM、無脊椎男とヘルマフロディット彩香）
（11：45PM、交信）
（11：56PM、一日の最後の恐るべきうようよ、うようよ）
（11：59PM、夢遊へと去る）

図書館を出る、

ふと、誰かに見られているような気がして、監視カメラ？　街中に監視カメラが設置されていることは知っている、犯罪の捜査や防止には役立つのだろう、だが、リストラからの流れでいえば、こんなふうに何もすることがなくなってただ街をぶらぶらする、それがやりにくくなったということだ、挙動不審に思われてしまう、私はただ、ぶらぶら歩きを余儀なくされているだけなのに、いわば、微力ながら何か事を起こそうとしている、不穏なやつだ、監視カメラにはそのように映ってしまう、のではないか、つまり潜在的な職務質問状態だ、いまの私は、階級的転落の前に、それこそ拘置所の格子の向こうへと、横移動させられてしまうかもしれない、

しかし監視カメラよ、とも私は思う、みえるのか、俺がみえるのか、幽体離脱したように夢遊へと去った俺が、背骨のない俺が、

そうだきょうはまだ排便していないな、私はトイレを探して、さして便意があるわけではないが、茶色い煉瓦張りの外観の、レトロなビルのなかに入ってゆく、まえに一度来たことがあると思う、全体が記念館仕様になっていて、歴史的建造物みたいな館内をめぐり歩くことができるらしい、受付で料金を払わされる、のかと思ったら、窓口の女性から、無料ですが奥のスペースでなにかパフォーマンスをやってください、それがノルマとなります、と言われる、建物の内部は迷路のようになっていて、めぐり歩くのは容易ではないが、さいわい、順路が設けられている、だがそれ以上に、順路の果てにあるスペースでパフォーマンスをしなければならない、どんなコンセプトにしようか、そればかりが頭をめぐり、もう館内を見学する余裕はない、存在とは楕円の形状となってくぼむ、というわけのわからない案を実行しようとするが、適当な素材がみつからない、やがてどこか劇場の舞台裏のような場所にたどり着く、さまざまな大道具小道具の類が散乱する青い闇のような部屋だ、ここがパフォーマンスの場なのか、私はなおコンセプトを考えあぐねたまま、大きな黒い布のようなものがないか探す、そのなかにくるまって胎児の姿勢を取り、それから徐々に身体を伸展させ、すっかり伸び切ったら、今度は逆に徐々に身体を縮こまらせて、最終的には胎児の姿勢に戻る、という案はどうだろう、布はみつかった、私はそれにくるまってパフォーマンスを始めようとするが、さきほどの楕円と関係づけるためには、もう一人いっしょにくるまって中心をふたつにする必要があるのではないか、あたりを見回すが、青い闇に人はいない、人っ子ひとりいない、

青い闇に人はいない、

人がいたのは廊下だ、廊下に椅子がいくつか並んでいて、人がそこに坐っている、何を待っているのだ？　と覗き込むと、どうやら椅子は便器になっているらしく、ひでえなあ、ここがトイレなのか、この人たちは排便しているのであるか、まさか集団排泄？　そのうちに、便器になっているのは先頭の椅子だけらしい、ということがわかる、仕切りのようなものはいっさいない、先頭の椅子に坐っていた男が用を済ませて椅子を離れると、すかさずつぎの椅子で待っていた男がそこに移動する、ちぎれたトイレットペーパーがその足元に散乱している、順番待

ちの人数は五、六人、さすがに男ばかりだが、私はその最後尾につく、とくに便意が切迫しているわけではないが、ひとつひとつ椅子を移動して、先頭の便器に辿り着くまでには相当時間がかかりそうだ、と思っていると、隣の男から話しかけられた、

——あなたもこのパフォーマンスに加わるんですか
——えっ、ここ、トイレじゃないんですか
——いいえ、トイレです、トイレでもあります
——どういうこと?
——ですから、見ての通り、排泄をパフォーマンスにしているんです、あるいはパフォーマンス的に排泄しているんです
——集団で?
——ええ、すくなくとも私までは、だから訊いたんですよ、あなたも加わるんですかって

私はすこし迷った、とにかくパフォーマンスはしなければならないわけだ、私の黒い布のパフォーマンスにこの男を誘うのがいいか、それとも、手っ取り早くこの排泄のパフォーマンスに加わってしまうのがいいか、

――便意は？

――まあ、ないわけではないですが

――それはよかった

――えっ、ちょっと待って下さい、模擬ですよね、演技ですよね、排泄は

――いいえ、ちゃんとしてますよ、臭い嗅げばわかるでしょ

（06：33AM、じゃ、さようなら）
（07：00AM、幽体離脱）
（07：52AM、電車に乗る）
（09：34AM、ターミナル駅）
（10：15AM、解雇通告）
（10：43AM、公園で暇をつぶす）
（11：05AM、ほらほら、これがぼくの骨）
（11：23AM、図書館で『無脊椎動物の驚異』を読む）
（11：53AM、レトロなビルでの出来事）
（00：00PM、目を覚ませ、もう正午だ）
（00：55PM、ランチに鰻を食べる）
（02：03PM、病院に父を見舞う）
（02：26PM、寝ているのは私だ）
（03：42PM、やってみろよ、骨栽培）
（05：31PM、一日延ばし倶楽部）
（07：02PM、骨に顔が咲く）
（08：29PM、皆既月蝕）
（09：23PM、無脊椎男とヘルマフロディット彩香）
（11：45PM、交信）
（11：56PM、一日の最後の恐るべきうようよ、うようよ）
（11：59PM、夢遊へと去る）

目を覚ませ、もう正午だ、幸福は朝の時間に似ている、どちらも絶対的なみずみずしさのうちにあり、それと一瞬交錯する眩暈を生きることはできても、それを固定したり、持続させたりすることはできない、目を覚ませ、もう正午だ、あまねく白けた光の支配を、おまえは死ぬまで受けなければならない、

誰？　誰の声？

（06：33AM、じゃ、さようなら）
（07：00AM、幽体離脱）
（07：52AM、電車に乗る）
（09：34AM、ターミナル駅）
（10：15AM、解雇通告）
（10：43AM、公園で暇をつぶす）
（11：05AM、ほらほら、これがぼくの骨）
（11：23AM、図書館で『無脊椎動物の驚異』を読む）
（11：53AM、レトロなビルでの出来事）
（00：00PM、目を覚ませ、もう正午だ）
（00：55PM、ランチに鰻を食べる）
（02：03PM、病院に父を見舞う）
（02：26PM、寝ているのは私だ）
（03：42PM、やってみろよ、骨栽培）
（05：31PM、一日延ばし倶楽部）
（07：02PM、骨に顔が咲く）
（08：29PM、皆既月蝕）
（09：23PM、無脊椎男とヘルマフロディット彩香）
（11：45PM、交信）
（11：56PM、一日の最後の恐るべきうようよ、うようよ）
（11：59PM、夢遊へと去る）

昼すぎ、老父を見舞う、姉とそういう約束になっていたのだろう、あるいはさっき、図書館を出た直後、スマートフォンのバイブが鳴って、女からではなく姉からだったが、最近見舞いに行ってないみたいだけど、たまには顔をみせなさいよ、と言われ、

——だって親父、ろくに意識もないんだろ、会ったってしょうがないよ
——そんなこと言わないで
——いや、こっちもそんなに暇じゃないしさ
——来ればわかるのよお父さん、ほんとに、誰が来たかわかるの

じゃ、まあ行ってみるか、ちょうどいい、解雇されて暇になったし、あ、それはむかしのことか、なんだかわけがわからないが、行ってみるか、老父は郊外の病院にいる、したがって私はターミナル駅に戻り、朝乗ったのとはべつの路線の電車に乗り、20分ほどすると、家々のあいだに畑や雑木林がみえるようになり、郊外の風景となった、また家が建て込んできて、比較的大きめの駅に着いたとこ

ろで電車を降り、

するとどこからかまた、声が聞こえてきた、

郊外、何も面白いことのない郊外、そういうところに生まれるってこと、それがたいせつだね、ミック・ジャガーだって、デビット・ボウイだってそうだった、ひとしなみに生きることを無言で強制してくる町、そこで育ち、このままじゃいけない、と感じ始めるとき、安住からの脱出が始まったんじゃないのかな、

誰？　誰の声？

俺の場合、まず、遊び半分だったけど、ドラッグに手を出し、それが学校にみつかって退校処分、桜の散るころだったなあ、桜がね、雪のように散り敷いた道を歩き、なつかしいものらからも遠ざかっていったんだ、それからスペインで漁師になったり、パナマで酒売ったり、ボクサーになって、ライオンや殺人鬼とた

たかうショーに出たりね、ありとあらゆる生活の変化を味わったよ、でもやはりボクサーかな、俺が打たれると観客は興奮して叫んだり、俺の動きを真剣なまなざしで追ったり、それが俺には強烈な快感だった、見せることの、見られていることの、醍醐味、っていったらいいのかな、それからだよ、内面とか自分の本当の姿とかも見せたいと思って、作詞や作曲をはじめたのは、

でもそれって、私がいま父を見舞おうとしていることとどう関係があるのだろう、たしかに私は詩を書いてきたが、ミュージシャンになったことはないし、ましてや、ボクサーになったことなんて、夢のなかでもありえないし、

電車を降り、駅を出ると、姉が車で迎えに来ていて、その車で、病院の近くのレストランへ、鰻専門店ということなので、そこで鰻を食べ、メクラウナギではないが、さっきまでこれもぬるぬるしていたわけで、うまいんだかまずいんだか、いやたしかにうまい、松竹梅とあるうちの、鰻重の竹、肝吸い、お新香、そして生ビール、私だけ生ビールを注文した、

——このあたりはうなぎの店が多いのよ

——なんでかな

——昔は川で獲れたんじゃないかしら

——いまは絶滅寸前だよ

——国産はもう食べられないかもしれないね

——だいたい食べ過ぎなんだよ、昔は土用の丑の日に食べるぐらいじゃなかったのかな、ところがいまじゃ年がら年中、きょうだって、ハロウィンだっていうのにさ

——なに言ってんの、あんた、まだ4月よ

（06：33AM、じゃ、さようなら）
（07：00AM、幽体離脱）
（07：52AM、電車に乗る）
（09：34AM、ターミナル駅）
（10：15AM、解雇通告）
（10：43AM、公園で暇をつぶす）
（11：05AM、ほらほら、これがぼくの骨）
（11：23AM、図書館で『無脊椎動物の驚異』を読む）
（11：53AM、レトロなビルでの出来事）
（00：00PM、目を覚ませ、もう正午だ）
（00：55PM、ランチに鰻を食べる）
（02：03PM、病院に父を見舞う）
（02：26PM、寝ているのは私だ）
（03：42PM、やってみろよ、骨栽培）
（05：31PM、一日延ばし倶楽部）
（07：02PM、骨に顔が咲く）
（08：29PM、皆既月蝕）
（09：23PM、無脊椎男とヘルマフロディット彩香）
（11：45PM、交信）
（11：56PM、一日の最後の恐るべきうようよ、うようよ）
（11：59PM、夢遊へと去る）

食べ終えて外に出ると、たしかに春うららだ、日のおもて、この世の底なしの根底が、むしろくるりと、死んだ蛙のように、腹をうえにして伸びている、日のおもて、遠く蜃気楼のように、病院の広い低層階の建物がみえてきた、光がまがると、岩の塊は伸び上がり丘に、雑草も伸び上がり樹木に、なろうとするのだ、病院エントランス、右手に受付カウンター、昼下がりのせいか、広い待合室はがらんとしている、診察室も1から5まで、ずらりと格納庫のように伸び、なんだか酷く無機的だが、私たちは見向きもせず、さきへすすむ、私たちから光が雫となって垂れている、のではあるまいか、廊下がまた、やたらと広く長い、日のおもて、その残滓が私たちに、匂いのようにまつわりついている、のではあるまいか、

病院ならではの、奥行きのあるエレベーターに乗り、姉は言う、ここから先は、患者はおむつをつけた老人たちばかりなので、かすかに糞臭がただようのよ、まさか、と私は思い、エレベーターを降り、それから病棟のつなぎの暗く狭隘なところを過ぎ、小窓からちらりと昼霞がみえ、ということは、姉の言う通り、季節

は春かもしれない、ハロウィン付近から、またしても私は日付を飛んでしまったらしい、老父いま、扉がひらかれ、ようやく療養棟となる、ナースセンター、リハビリルームを過ぎ、なおも私たちはすすむ、糞臭はしない、おお、ベッドのうえの老人たち、みな一様にあおむけに、歯のない口をあんぐりとあけて、仮に発話したとしても、子音は脱落し、アーとかウーとか、意識ももうほとんど霞のようなものなのだから、不安はすでになく、老父いま、オビだったか、エニセイだったか、廊下をさらにすすみ、奥の奥の個室、渡河の夢へと、こうしてようやく、私たちは辿り着く、お父さん、気分はどう、姉が耳元へ大声を送るが、聞こえているんだかいないんだか、老父いま、オビ渡河の夢、昼霞、老父いまオビ、渡河の夢へと、俳句でもひねっているつもりなのか私は、昼霞5音、老父いまオビ7音、渡河の夢5音、たしかに父はシベリア抑留の体験があり、オビ川も渡ったかもしれない、こうしてようやく、私たちは辿り着く、逝かない身体が真理である、喜びはない、すこしもない、なんという到達、病室のさきにはまた、のどかな郊外の春がひろがり、そのむこうは蜃気楼かもしれない、そうして来世は、にせの広い水面の果てにある、ちがう、日のおもて、この世の底なしの根底が、光る腹

をみせているだけだ、喜びはない、到達に喜びはない、

昼霞老父いまオビ渡河の夢

まれに、
古い日付がまぎれこんだりして、

果てしなく／古い高層のアパートがつづいているねササ／私たちはどこか空き部屋を／とりあえずむつみあえるようなところを／と思ううち／建物はどれも無人／ときみが指さす／ほんとだササ／窓にはガラスがなくて／それ自体がしゃれこうべの眼窩のよう／まるでビルの墓場を行くようだね／あるいはビルほども大きい墓石のあいだを／歩いているんだろうか私たち／とぎれとぎれのそんな会話のたびに／コラボレーション／ぼろぼろとビルの壁は崩れ／ササそこから／つる性の音楽がたちのぼる

(02:03PM、病院に父を見舞う)

そうだ音楽、水だけじゃなくて、音楽もかけてやればいいんじゃないかしら、私はまた階下に降りて、居間のCDコーナーから、どれか一枚選ぼうとして、最初考えたのはあなたの好きなマーラー、でも、あわれな背骨にあんな重々しい音楽は似合わない、もっと別のなにか、と思って、私の好きなファドの一枚を取り、CDプレイヤーとともに寝室に運び入れて、さっそくかけました、すこしかすれた感じの、深みのある女性歌手の声、ああこの哀愁と郷愁、いい音楽です、ポルトガル語で郷愁はサウダーデといったかしら、それともサウダージ？　いい音楽です、私はまたほっとして、それからようやく、あなたの骨に水をかけてやりました、ほら、お彼岸とかにお墓参りして、墓石に水をかけるでしょ、あれみたいに、如雨露で、頭頂部から、すると水は、三十数個の椎骨のあいだを流れ下って、シャンパンタワーみたい、もちろんシーツは水浸しです、でも骨は水を浴びて、音楽を聴いて、いくらかそれらを吸収もしたのでしょう、こころなしか生気を取り戻したようでした、

私とは私への郷愁にすぎない、

到達に喜びはない、父は病院のベッドに寝ている、ご多聞にも漏れず、いくつかの管を繋がれて、入れ歯をはずした口は、唇が口腔の内側へ巻き取られたように後退し、しかも呼吸のため大きく開けられているので、まるで深淵から音のない叫びを上げつづけているようにみえる、いや、口そのものが深淵だ、のぞくと私まで吸い込まれそうだ、私は父に何か話しかけようとしたが、気が変わり、何も言葉を発することなくベッドを離れ、そこからずっと離れた壁際の椅子に座り、うつむいて時間が経つのを待つ、10分経ったら立ち去るつもりだ、あとは姉に任せて、だってそれ以上の滞在は無理だろう、話はできないし、深淵はあるし、世話はすべてナースさんがやってくれるわけだし、

熾《おき》に憧れる、
ビロードのように柔らかく、
そこから待機という名の熱が発散されることによってのみ、
その存在がたしかめられる熾に、

浮く日付、
さらに浮く日付のうえ、

ある日が祝されるためには、その日にひとはかけがえのないものを失わなければならない、そのようにして日付が刻印され、そのようにして日付が、過去現在未来の時間の流れのなかから取り出され、特異なもの、無二のものとなる、ひとはそのとき無をかかえこむことにもなるのだが、その無に光がさすのである、

できれば母を訪ねたかった、いや、一度訪ねたことがある、母はすでに死んでいるが、その死んだ母を、北辺の都市に訪ねたことがあるのだ、街は重厚な石造りで、道行く女たちはみなスカーフを被っている、民族人種もさまざまで、モンゴロイドのほかにユダヤ人もいれば白系ロシア人もいる、それら多様な顔立ちの女たちが、冷たい風を受け、身をやや前に傾けながら、大股で歩いている、母は、母の姉つまり伯母といっしょに住んでいるらしい、訪ねあてると、家は地上一階

地下一階の奇妙な構造をしている、急勾配の階段を下り、地下に足を踏み入れると、その伯母がなにやら台所仕事をしていて、妹は上にいるという、そこでまた地上に上がり、だが、いないではないか、言いながら、フロアの奥の、納戸のようなところに押し込められた母を、私はようやくみつける、母は車椅子に乗っている、なんでこんなところに、と怒りを覚えながら、それよりなにより、母が私を息子だとわかってくれるかどうか心配しながら、私は近づく、案の定、母は惚けた顔でこちらを見るだけで、私が誰だか認知できないようだ、私は母を抱きしめ、その胸元に顔を埋める、それから顔を上げ、すると、母の胸には湯気で曇った窓があって、そのむこうにぼんやりと歪んだ若い母の顔が見える、

10分経ったら立ち去るつもりだ、あとは姉に任せて、でもその姉が、担当医の話をちょっと聞いてくるからと、病室を離れ、俺も行こうか、と私は言いそびれて、ひとり残され、なにか本でも読みたくなったが、

血の色をしたゼリー寄せのやうな／薄明の町を私は／さまよひ歩いてゐた／友

人が出る芝居に招待されたのだが／劇場の場所がわからない／するとふたりの役者のやうな通行人がやつて来て／ほらこゝが劇場です／といつて青い小さな扉を指し示す／ので中を覗き込むと同じ血の色をした／ゼリー寄せのやうな町がひろがつてゐるだけ／劇場なんかないではないか／いやありますよ／押し問答のうちに私はその町に入り込んでしまふ／さうしてまたさまよふことになつた／劇場はどこですか／するとふたりの役者のやうな通行人がやつて来て／青い小さな扉を指し示す／ので中を覗き込むとまたも血の色をした／ゼリー寄せのやうな町がひろがつてゐて／これぢやあ埒があかないなあ／と思つた瞬間／消えろ消えろ／なにやら台詞のやうなものがきこえてきた／ほんの自分の出番のときだけ舞台のうへで見得を切つたり／わめいたりそしてとゞのつまりは消えてなくなる／え？　誰？　シェークスピアみたいないまの台詞／と思つた瞬間／私もまた役者の出で立ちで／月が出た月が出て地には卵黄ラヴソングなどと／わめき始めてゐた

こうして、私もまたうとうとしてしまったようだ、待つこともなく時間は過ぎた、ともいえる、夢からさめ、ふと顔を上げると、窓の外はやや闌《た》けた午後の陽射しを浴び、郊外の風景がひろがる、似たような箱型の家々、そのむこうの雑木林のスカイライン、眼を戻すと、まだ姉は戻ってきていない、がらんとした病室に、いるのは私と父だけ、と思って眼をベッドのほうに向けると、突然父が起き上がり、まさか、奇跡でも起こったか、そうして私を睨むようにみている、しかも壮年の顔に戻って、あ、お父さん、と私は声を上げ、狼狽してしまう、というのも、父が壮年に戻っているということは、私も少年に戻って、なにか父に叱責されようとしているのではないか、いや、私はもっと小さい、ほとんど幼児だ、しかも金縛りにあったように身動きできないので、まるで私自身が深淵のなかにいるかのようだ、それからゆっくりと私はたたかいを開始する、

だが、誰とどうやって？　私は解雇されてもたたかわなかったが、父ともたたかわなかった、

そういう意味では、私にはまさに骨がなかった、気骨がなかった、反骨もなかった、比喩的な意味での骨がなかった、女のところに背骨を置いてきてしまった

らしい私のこの無脊椎的夢遊も、つまるところ、骨のない私の生きざまへの寓意にすぎない？

いやちがう、誰かが叫んでいる、だがその叫びは誰にも伝わらない、そうかピノキオ、おもちゃの国で怠惰な生活を送った罰で、ピノキオは仲間の不良と一緒にロバに変身させられ、サーカス団に売られてしまう、ぼくはロバじゃないんだ、と必死に訴えかけても、その叫びは誰にも伝わらない、

　そこでまた目が覚めて、あたりを見回すと、天井、カーテン、壁、どれも父の病室より安っぽく、そしてベッドに寝ているのは私だ、父なんかどこにもいない、病室も個室ではなく2人部屋のようで、まったくわけがわからない、

（06：33AM、じゃ、さようなら）
（07：00AM、幽体離脱）
（07：52AM、電車に乗る）
（09：34AM、ターミナル駅）
（10：15AM、解雇通告）
（10：43AM、公園で暇をつぶす）
（11：05AM、ほらほら、これがぼくの骨）
（11：23AM、図書館で『無脊椎動物の驚異』を読む）
（11：53AM、レトロなビルでの出来事）
（00：00PM、目を覚ませ、もう正午だ）
（00：55PM、ランチに鰻を食べる）
（02：03PM、病院に父を見舞う）
（02：26PM、寝ているのは私だ）
（03：42PM、やってみろよ、骨栽培）
（05：31PM、一日延ばし倶楽部）
（07：02PM、骨に顔が咲く）
（08：29PM、皆既月蝕）
（09：23PM、無脊椎男とヘルマフロディット彩香）
（11：45PM、交信）
（11：56PM、一日の最後の恐るべきうようよ、うようよ）
（11：59PM、夢遊へと去る）

寝ているのは私だ、手元に小型のノートがある、表に病床日記と記されていて、私が書いたものなのだろう、ぱっと任意のページをひらくと、こんな記述が読める、

夕食――タラの粕漬け焼き、きゅうりとホタテのサラダ、なすの漬け物、ごはん、みそ汁、

消灯のあと、看護師さんが点滴の管を外しに来てくれる、きょうの点滴が終了したのだ、薄闇のなか、懐中電灯を持って処置する彼女の姿をみていると、まるでジョルジュ・ラ・トゥールの絵のなかに入り込んだかのようだ、

としか病床日記には記されていないが、ジョルジュ・ラ・トゥール、でもちょっと大袈裟ではないか、たとえばその「終夜灯のなかのマドレーヌ」、光と影との神秘的な分割のラインに沿って、えもいわれぬ、いや、聖なる官能ともいうべき女性の美が生じつつあるというような、一度見たら忘れられない絵であって、

あるいは、

真夜中の闇をむいてゆくと、昼よりもなお一層熟した昼があらわれる？

だが、病床日記はつづく、

真夜中近く、にわかに部屋が騒がしい、看護師さんが何人もやってきて、カーテン越しだが、隣の空きベッドをしつらえたり、なにやら装置を取り付けたりしているようだ、それからストレッチャーが運ばれてきた、どうやら急患の患者さんがこの部屋の空きベッドを占めるらしい、手術直後なのか、いや、救急車からそのまま運ばれてきたという感じで、とすると交通事故か、それなら救急医療室のほうにまわされるはずだが、と思っているうちに、看護師さんが二人か三人掛かりで患者をベッドに移している様子が伝わってくる、ところが、それからが大変だった、患者はどうやら食道静脈瘤破裂を起こしていて、すぐに、便といっしょに大量の下血を始めたのだ、ベッドの上はさぞかし凄まじい、目も当てられぬ光景なのだろうが、カーテン越しなので、慌ただしく立ち働く看護師さんたちの影絵がみえるのみ、どころではなかった、たちまち、部屋には糞臭とともに金臭い血の臭いが充満して、まだ出ますか、はい、出るようです、おいおい、ここはほかにも入院患者がいるんだぜ、どこか集中治療室にでも行って処置してくれよ、

浮く日付のうえ、

私は未来の私にまで飛んでしまったか、というのも、現在までの私は、健康には恵まれ、入院などしたことがなかったからだ、未来の私は、5年後か10年後か、何か重大な病気になって、でも手術までには至ってないようだ、あるいは重大な病気の疑いがあって、検査入院でもしているのか、

あるいは、ベッドに寝ているこの私がいまの私で、じゃ、さようなら、浮く日付のうえ、ハロウィン付近、夢遊へと、去れ、どこからかそんな声が聞こえてきて、女いわく、幽体離脱のように始まったこれまでのいっさいは、まさしく夢に

すぎなかったのか、

看護師がやってきて、脈と体温と血圧を測ってくれる、とくに異常なし、か、それから、点滴を代えましょうね、と立ち上がって、用液の入った袋を取り付けながら、

昨夜は大変だったでしょう、どうしても空きのベッドがなくて、お隣のを使わせていただいたんです、と言う、そうでしたか、と私は声をひそめて、血の臭いがすごかったですね、ええ、たくさん下血しましたから、と看護師も声をひそめて、

時計をみると午後3時だ、病院の一日は長い、とくに午後の時間が長い、どうやって暇をつぶそうか、時間を殺そうか、なにしろ私にはテレビを観る習慣がない、それに病院ではインターネットが使えない、酒が飲めない、

と思っているうちに、ふたたび、ベッドに寝ているのは父で、私は窓際の椅子にもたれて、ぼんやりと外の景色をみている、すると姉が病室に戻ってきて、もう帰っていいよ、私はあとすこしここにいるから、と言う、

都心に戻るため、帰りは駅まで歩いた、所要約20分、点在する雑木林のコナラやクヌギはまだ緑豊かに葉を茂らせているが、街路樹のハナミズキはすでに赤く色づき始めていて、季節は秋だとわかる、日付はハロウィン付近に戻ったのだ、

旧世代らしく、私は夕刊紙を買う癖があり、キオスクで買い求める、

電車に乗る、空いている、私は父とたたかわなかった、潜在的にはともかく、すくなくとも表向きは、たたかわなかった、父を恐れていたからなのか、いや、そんなに強権的な父ではなかった、それとも父のほうが私を恐れていたのか、よくわからないが、要するに私は面倒くさかったのだろう、家族のなかでごたごたと何かが起こるのが、言葉や唾が飛んだり、突然席を立つ音がしたりという、そ

んな芝居がかったいっさいが嫌だったのだろう、現在はただの現在であるべきで、
そこへ過去のいきさつや未来の予想がまぎれこんだりすべきではない、

タブロイド判の1面には、

内閣支持率急落

の大きな活字が躍り、あたりまえだろう、あんなひどいことをやっているのだ
から、でも、

凄まじいうねり
暴政への歴史的反乱

というのは、いくらなんでも大袈裟だろう、夕刊紙特有のブラフだ、でも、反
乱を頭に想い描くのは、私とてきらいではない、むしろ詩を書いたりする者の嗜《たしな》

みだ、

5面には、どんな闇を抱えていたのか、

覚醒剤所持で起訴
人気アダルトビデオ女優
セックス恐怖症が原因だった?!

とあり、被告の近況を知るメディア関係者の話として、派手な見た目とは裏腹に、彼女はセックスに恐怖を感じているようで、仕事以外ではほとんどしなかったといいます、若い頃から挿入時の痛みが怖かったようで、痛みを和らげるため市販薬と酒を同時に飲むこともあったそうです、人気女優だけに周囲の期待も大きく、相当なプレッシャーを感じていたと思います、覚醒剤に手を出したのは、恐怖やプレッシャーから逃れるためだったのかもしれない、

だがそれよりむしろ、この歳になっては、子をもうけなかったということ、とくに息子をもうけてその父になれなかったということ、それが大きな欠落のように感じられる、さっきは子などもうけなくてよかった、と思ったが、いまはちょっとちがう、仮に父とたたかうということがあったとしても、人生はそれだけでは十分ではない、つぎには自分が父になり、軽蔑や憎しみの対象にならなければ、人生を十分に生きたことにはならないのだ、

という考えも陳腐だな、

（06：33AM、じゃ、さようなら）
（07：00AM、幽体離脱）
（07：52AM、電車に乗る）
（09：34AM、ターミナル駅）
（10：15AM、解雇通告）
（10：43AM、公園で暇をつぶす）
（11：05AM、ほらほら、これがぼくの骨）
（11：23AM、図書館で『無脊椎動物の驚異』を読む）
（11：53AM、レトロなビルでの出来事）
（00：00PM、目を覚ませ、もう正午だ）
（00：55PM、ランチに鰻を食べる）
（02：03PM、病院に父を見舞う）
（02：26PM、寝ているのは私だ）
（03：42PM、やってみろよ、骨栽培）
（05：31PM、一日延ばし倶楽部）
（07：02PM、骨に顔が咲く）
（08：29PM、皆既月蝕）
（09：23PM、無脊椎男とヘルマフロディット彩香）
（11：45PM、交信）
（11：56PM、一日の最後の恐るべきうようよ、うようよ）
（11：59PM、夢遊へと去る）

渡されるのは、
だからどんな橋でもなく、
解雇通告のような、
光の不意打ち、
あるいは光の不意打ちのような、
解雇通告、

まれに、
未知の日付がまぎれこんだりする、

そう、ハロウィンよりも季節はさらにさきにすすんでしまったかもしれない、
窓外の落葉樹の大半はすでに紅葉や黄葉を迎え、はらはらと葉を落としつつある
木もあって、

枝から離れるとき？　苦しかったよ、痛みさえあった、だって有機体的絆を、

断たれるわけだから、

誰？　誰の声？

そしてあとは落ちるだけ、落ちて地に戻されるだけ、でもそこから喜びだった、ひらひらと舞い落ちる私に、日が、当たっているではないか、喜びだった、葉の私は黄変している、その裏側までもが、しかし光を当てられたのだから、みると、そこには傷がある、ということは、私は葉として閉じられてなく、無限へとひらかれている、それが非隠蔽になり、光に戯れたのだ、こうして私は、樹木という全体からは切り離されたけれど、その分、一枚の葉の照りひらかれた無限となったのだ、もちろんだからといって落下がやむわけではない、落下しつつ私は無限なのだ、そのうえさらに、そういう私をみていた誰かがいる、いて、私を桐一葉と名づけたのだ、名づけとは現象を真実に変えることである、ゆえに私は、落下しつつ、桐一葉の無限という真実になったのだ、これ以上の恍惚があろうか、

私とは、
私への郷愁にすぎない、
失われた私への郷愁、あるいは私への失われた郷愁、
にすぎない、

ゆっくりと私はそうゆっくりとひかり／熱／ガラとか呼ばれるものから塩の痕跡ぐらいは示されるだろうと振り返る背後を辻／ガラ／薄明とか呼び捨てながら施設のさき道はねばい液のように伸長するさきへゆっくりと私はそうゆっくりと無いの無ーいの無いの無ーいの名の名の名の無いの無ーいの無いのさきへ

すると突然、骨のことが気になりだした、どうなったかな、俺の背骨、水なんかかけられて、ファドなんか聴かせられて、そこで私は、スマートフォンを取り出し、めずらしく私のほうから、女にメールを打つ、するとすぐに返信が来た、

そうそう、メールしようと思っていたところでした、と女は言う、むずかしい

愛です、でもそれが日課になりました、朝起きると、隣のあなたの背骨を確認して、如雨露で水をかける、そのたびにベッドが水浸しになってしまうけど、骨が乾燥するのをみるよりはいい、そう思って、水をかけてやりました、するとけなげにも背骨は、徐々に成長をはじめたのです、

おいおい、ちょっと待てよ、私はまだ夢遊を始めたばかりだ、出社し、解雇され、公園を歩き、病院に老父を見舞って、多少日付は錯綜したが、しかしまだ時間的には一日と経っていないだろう、それなのに日課だとか成長だとか、いくらなんでも速すぎないか、とあきれて、それから思い直した、そうか、邯鄲《かんたん》の夢ほどではないが、夢遊の時間も、うつつの世界での時間の流れとはちがうのかもしれない、私がこうしてあちこち街をさまよっているうちに、女のところではたしかに数日が、あるいは数週間が経過してしまったのかもしれない、ということは、邯鄲の夢とは逆だ、つまり宇宙旅行だ、宇宙飛行士が恋人と別れて宇宙船に乗り込む、そして光の速さで宇宙空間を旅したあと、地球に戻ってくると、地球では何十年も時間が進んでいて、恋人は老婆になっている、あるいはブーメランだ、

孤独な少年は校庭でブーメランを投げる、思いっきり、孤独そのものを遠くへ放り投げるように、だがどうしたことか、ブーメランは戻ってこない、少年はそのまま校庭を立ち去る、それから宇宙飛行士になって宇宙をさまよったあと、もとの校庭に、成人した男の姿で戻ってくると、そのときようやくブーメランも戻ってきて、ただしものすごい勢いで戻ってきて、思わずよけようとしてのけぞった男の喉を、一瞬のうちに切り裂く、

しかし、変ではないか、ブーメランが旋回して戻ってくるあいだに少年が歳をとったのであれば、光の速さで宇宙空間を旅していたのはブーメランのほう、ということにならないか、

そのあいだにも夢遊は、夢遊の私は、なおも骨のないところをみせて、果てしなく、どこか一本の竿を登ってゆくのであるか、

一本の竿、

竿を登っていく私、
ふたつながら、
灰色の空のひろがりに消えていく、
消えていく、

それにしても、俺の背骨が成長を始めたって？　まさか、鉢植えの観葉植物じゃないんだからさ、でも、そうか、骨栽培、面白いじゃないか、やってみろよ、骨の俺がどこまで成長するか、みてやろうじゃないか、例の感応がはたらくということだってあるかもしれない、不安はある、なにしろ女は植物とかにまるで興味がない、いつだったか、首都の南にある温泉に行ったとき、サボテン園に寄って、大丈夫、砂漠の植物だからあまり水やりの必要もありません、とか売り子に言われるまま、買って帰ってきた鉢植えのサボテン、女はそれを、たちまちのうちに枯らしてしまったほどだ、面白いじゃないか、

やってみろよ、骨栽培、

というかむしろ、盆栽に近いかな、骨盆栽、
もうひとつ、女はメールで、二度までも、むずかしい愛と言っていた、むずかしい愛？　どういうことだろう、骨の世話には愛が必要で、自分にも愛はある、ただ世話の仕方がむずかしいということか、たとえば薔薇を育てるように、薔薇は花を咲かせるのがむずかしいと言われる、だからこそ育てがいもあるのだと、格別の喜びもあるのだと、それとも、世話なんかしたくないけど、遺棄するわけにもいかず、つまりやむを得ずの世話なので、そこに愛が成立するのはむずかしい、ということなのか、

ターミナル駅に着き、地下の雑踏のなかを歩く、
こうしてみたび、ふくらはぎだ、
ふくらはぎが揺れると、文字列も揺れる、

私は追う、ふくらはぎが階段を登ると、
文字列も登る、私は追う、老いるまで追う、
老いているから追う、この、百年のフェチ野郎め、
何が書かれているのだろう、英語だろうか、
最初の文字はIのようにみえる、私は、
私は何だというのだろう、I love you? I want you?
I need you?　馬鹿な、ＡＫＢ48の見過ぎだ、
文字列を読み取るためには、ふくらはぎとの距離を、
もっともっと縮めなければならない、
ふくらはぎは女に、女は公共に、
属している、それをつかまえるという、
わけにもいかない、秋の柔らかい陽射しが、
いや人口の冷たい光が、まだらにふくらはぎに、
文字列にあたる、私は追う、何が、
何が書かれているのだろう、読み取るためには、

まず公共から女を離し、女からふくらはぎを離し、
ゆっくりとそれを、本のように、
まるみを帯びた肉感的な本のように、
持ち上げなければならない、

HUKURA?
HAGI!

このあわい、疑問符と感嘆符のあいだの、このためらい、そこに人生は集約されている、

まで、
誰からの承認もないままに、自己をまるごと肯定できるか、
できるか、

郊外から都心へ、ターミナル駅に戻って、そこからまた地下鉄に乗り、都心からさらに臨海へ、地下鉄を降り、そこからさらにモノレールに乗り、秋だからもう黄昏が近い、熟し柿の内部に入ったような、奇妙に熱を帯びている時間帯、というか、晴れ渡った西の空、それがまるで発赤した皮膚のように夕日に染まり、まだ青い中天と、逆光に黒く色を失ったビル群のシルエットと、ほかにはなにも見えなくて、まるでターナーの絵か何かに入り込んだみたいな、

モノレールの駅を出て遊歩道を歩く、モノレールの高架が、空の一角といっていい高さを、うねるように伸びている、優美な蛇だ、ふとアフターマンという言葉を思い出した、遠い未来の、人類が絶えていなくなってしまった頃のこの地上、進化を遂げて足の生えてきた蛇が、淡い影を地面に落としている、まさかこの夢想のせいではあるまいが、ひとっこひとりいない、木立とビル群の向こうに、動かない観覧車がひっそりとそびえている、そこに近づき、その下を通り、そこを離れてゆく、いま、この地上で、この観覧車より静謐なものは存在しないようにさえ思える、中空をそれ自体うねるようなモノレールにつかず離れず、うねるよ

うに遊歩道はつづいている、だから、ときどき振り返ると、観覧車はモノレールの右にみえたり、左にみえたりする、依然として、ひとっこひとりすれ違わない、打ち捨てられた自転車、枯れ芝、凛とした空気、みんなどこへ行ってしまったのか、モノレールの向こうの高台では、くすんだ空の青をバックに、まだハロウィン付近のはずだが、それとも、さっきと同じように、ハロウィンよりも季節はさらにさきにすすんでしまったのか、裸木のシルエットが浮かび上がる、それはまるで網膜を走る毛細血管のようだ、そして日没寸前の、熟れきったプラムのような、あるいは滲み出した赤信号のような太陽、

敵は社会であること、自分を責めないこと、負い目をつくらないこと、こう生きるべきだとは考えないこと、ほめられないようにふるまうこと、アイデンティティを植え付けられないこと、頭を緑にすること、光を浴びること、蜘蛛であること、虹の根となるような場所で涙を流すこと、

（06：33AM、じゃ、さようなら）
（07：00AM、幽体離脱）
（07：52AM、電車に乗る）
（09：34AM、ターミナル駅）
（10：15AM、解雇通告）
（10：43AM、公園で暇をつぶす）
（11：05AM、ほらほら、これがぼくの骨）
（11：23AM、図書館で『無脊椎動物の驚異』を読む）
（11：53AM、レトロなビルでの出来事）
（00：00PM、目を覚ませ、もう正午だ）
（00：55PM、ランチに鰻を食べる）
（02：03PM、病院に父を見舞う）
（02：26PM、寝ているのは私だ）
（03：42PM、やってみろよ、骨栽培）
（05：31PM、一日延ばし倶楽部）
（07：02PM、骨に顔が咲く）
（08：29PM、皆既月蝕）
（09：23PM、無脊椎男とヘルマフロディット彩香）
（11：45PM、交信）
（11：56PM、一日の最後の恐るべきうようよ、うようよ）
（11：59PM、夢遊へと去る）

ターナー、
ターナー、
耳奥では、マーラーの5番第4楽章が響いていてもいいだろう、
アダージェット、
暗澹と、

なぜ日没にこの楽章が結びつくのか、なるほどマーラーはウィーン世紀末を代表する作曲家だから、イメージとしては日没がふさわしい、にしても、そうだあれはいつだったか、女の父、つまり岳父を見舞ったときに、病室のテレビでウィーン世紀末の美術を訪ねる、みたいな番組をやっていて、ラスト、延々とクレジットタイトルが流れるなか、日没が映し出されて、同時に、弦楽器だけの甘美にして暗澹とした音のテクスチャー、5番第4楽章が流れていたのだった、

夕刻、臨海は虹橋近くの、虹橋パークホテルのバー「漣《さざなみ》」に寄る、そこで「一日延ばし倶楽部」の定例会が行なわれているからだ、懸案を一日延ばしにするの

がどうしてもやめられない、という人々の、しかしその嗜好をさらに助長すべく、会員各自の一日延ばし事例の自慢をしようという倶楽部だ、いや、自慢するだけではない、もっとも胸をかきむしられるような一日延ばし事例には、互選で月間賞が与えられ、さらに年末には、それらの月間賞から年間グランプリというのが与えられ、

なぜなら生とはさまざまな猶予の束にすぎず、そのなかで最大のものはいうまでもなく死への猶予であり、それだけが唯一、鈍色《にびいろ》の水面に反射する陽のきらきらのように、

陽のきらきらのように、捉えることができない、そうして突然、それだけはどうしてもやってきてしまう、というか、ほんとうには到来しないいまま、しかしつぎの瞬間にはすべてを無にしてしまう、つまり猶予なき猶予、ならばほかの猶予なんて、なにほどのことがあろうか、それを水飴のように延ばして、楽しんでいればいいではないか、という倶楽部、ただし公的機関での懸案先送りは論外とい

うことで、それに関わる人の入会は認められない、という倶楽部、いつからか私もその会員になって、

扉を開けると、照明を落とした薄明かりのなか、なじみのバーテンダーの顔が浮かび上がり、やあ、と私は挨拶して、ギネスの生、と注文して、バーの奥のボックス席に向かう、そこではひとりのくたびれた感じの中年男、見知らぬ顔なので新参なのだろう、その男が、ひとりの男とひとりの女、こちらは常連の柏木さんと田中さんだが、そのふたりに向かって、なにやら一日延ばしの自慢をしている、私もそこに椅子を持ってきて話の輪に加わるが、もう最悪、と男は私をみて言う、話の途中だったらしい、

ギネスが運ばれてきた、泡ごと口に含みながら、私は男の話を聴く、繰り返しますけど、離婚という懸案を5年も先延ばしにしているもんだから、その間、社内不倫の女からはいったいいつになったら奥さんと別れてくれるの、とせっつかれるし、もうふたりの女を行ったり来たりするピンポン玉状態で、はやく決着つ

けなきゃ、とは思うんだけど、この倶楽部の会員だからなあ、どっちの女を取るにしても、それは先延ばししなきゃならないし、

でもそれって、べつの自慢みたい、と田中さんは言う、だめだめ、と柏木さんも同調して、その口調がきついので、あらためて柏木さんの顔をみつめると、げっそりと頬のこけて、まるで別人のようにみえる、初老で、眼鏡をかけて、髪が薄くて、まさか私ではあるまいと思うが、あるいは私の alter ego かもしれない、そうだ、そうにちがいない、だめだめ、とその alter ego は言う、あんたの一日延ばしには死が賭けられていない、賭けられているよ、新入りは反論する、あの女、社内不倫のほうだけど、思いつめて無理心中するかもしれないしさ、いや賭けられていない、と alter ego は断固たる口調で言う、俺なんかほら、こんなに痩せちゃって、間違いなくガンだよな、ここずっと体調も最悪でね、便に血は混じるわ、めまいはするわ、食欲はないわで、もうぶっ倒れそうなんだけど、それでも俺、病院に行くことを一日延ばしにしているんだ、すごいだろ、このぎりぎりのペンディング状態、もう不安で不安で、精神がどうにかなってしまいそうで、これこ

それわれわれ「一日延ばし倶楽部」のめざす負のエクスタシーだと思うんだけど、

——ガンノイローゼじゃないのか
——そんなことはない
——症状からすると大腸ですかね
——たぶんね
——痔じゃないんですか
——まさか、自分のからだのことは自分が一番よく知っている

私は目をつむる、むかし、

むかし男がいて、といってもプリュームやロカンタンやザムザではない、もっとみやびな、古代のアジアの男がいて、王家の血を引くこの男は、都をはずれた深草という地に住む女のことが、ようやく飽きがきたように思えたのか、以下のような意味の歌を詠んだ、すなわち、この深草の里に、長の年月通いつづけてき

たけど、俺がおまえのもとを去ったら、ここは名前以上にもっと草深い野原になってしまうだろうか、すると女が、以下のような意味の歌を返してきた、すなわち、そんな野原になったら、私は鶉《うずら》となって泣いていましょう、その鳴き声をたよりに、あなたはきっと、たとえ私を狩ることが目的でも、ここに来てくださるでしょうから、すると男は、そうか俺に殺されてもいいのか、それほどまでに俺を、と感じ入って、去って行こうと思う心はどこかにかき消えてしまった、

わが妹沙羅マリア沸き立つ逆さ富士のような子宮を揺らしながらわが妹ジュリアーナ星はるか沸き立つ

山川さん、山川さん、

と名前を呼ばれて、そうか私の番だ、なにか一日延ばしの自慢をしなければならない、私はすこし考える、

――山川さんは詩人さんだから、原稿の締切を一日延ばしにするとか

――いや、ぼくは締切守るほうですよ

――えらい

――それに、そんなに原稿の注文来ないし

――たいへんですね

――ええまあ

――失礼ながら、じゃあ、どうやって食っているんですか

――非正規って言うんですか、まあ要するにバイトです

――ずっと？

――ええ、ずっと

私はすこし考える、女の始めた骨栽培、しかしあれは一日延ばしとはちがうしなあ、自分のことじゃなく、と私はようやく切り出した、86歳になる父親のことなんですけどね、死なないんです、脳梗塞で倒れて、意識がなくなって、でもそれからがすごい、嚥下機能もだめになったので、静脈から栄養を入れているんで

すけどね、それでもう一年、死なないんです、つまり死を一日延ばししている、しかも本人の意思とは関係なく、ただ意味もなく一日延ばしにしている、

逝かない身体、ということですね、と新入りは言う、逝かない身体？　ああそういう本ありましたね、読んでませんけど、そんなカッコいいものでもないと思うんですけどねえ、と私、

——カッコいい？

——だからその、逝かない身体がです

——えっ、まさか、たしかに生命は尊厳あるものですけど、カッコいいとか悪いとかの問題じゃないでしょ、ある意味、逝ってくれない身体でもあるわけだし

——いえぼくは、その、逝かないという表現がですね、この世にとどまることの、なんというか、美しい佇まいを言い表しているような気がして

——さすがは詩人さんだなあ

哲学的にいえば、とバーテンダーがカウンターの向こうで言う、あれ、聞いていたんですか、新入りが驚いたように振り向いて尋ねる、バーテンダー、実は事務局の藤原さんだが、彼はカウンター越しにつづけた、哲学的にいえば、一日延ばしというのは近さを遠ざけるということですけど、お父上の場合は、本来遠さにおいてあり、その遠さのうちに絶対的な猶予としてある死、それゆえ一日延ばしの対象にはなりえない死を、たとえ医療によるものであるにせよ、一日延ばしの対象にしてしまっている、とんでもないことです、

さらに哲学的に言うなら、逝かない身体において損なわれているのは、生の尊厳ではなく、死の尊厳であるのかもしれない、社会的にはとっくに死んでいるのに、勝手に生かしておく、というのならまだしも、逝かない身体においては、どこまでも生かしておきながら、社会的には死ぬがままにしておくという感じだ、

死の零落、

私の場合はどっちだ、この無脊椎的夢遊においては、

着信音がする、また女からのメールだろう、私は「一日延ばし倶楽部」を早めに抜けて、ホテルのロビーに移動しながら、スマートフォンを取り出し、ゆっくりとメールの画面を開く、

（06：33AM、じゃ、さようなら）
（07：00AM、幽体離脱）
（07：52AM、電車に乗る）
（09：34AM、ターミナル駅）
（10：15AM、解雇通告）
（10：43AM、公園で暇をつぶす）
（11：05AM、ほらほら、これがぼくの骨）
（11：23AM、図書館で『無脊椎動物の驚異』を読む）
（11：53AM、レトロなビルでの出来事）
（00：00PM、目を覚ませ、もう正午だ）
（00：55PM、ランチに鰻を食べる）
（02：03PM、病院に父を見舞う）
（02：26PM、寝ているのは私だ）
（03：42PM、やってみろよ、骨栽培）
（05：31PM、一日延ばし倶楽部）
（07：02PM、骨に顔が咲く）
（08：29PM、皆既月蝕）
（09：23PM、無脊椎男とヘルマフロディット彩香）
（11：45PM、交信）
（11：56PM、一日の最後の恐るべきうようよ、うようよ）
（11：59PM、夢遊へと去る）

報告報告、と女は興奮気味に書いている、むずかしい愛を始めてからどのくらい経つのでしょう、けさ、驚きました、あなたの背骨は最大級の鉢植えのサボテン、いや、ちがうな、なんて言ったっけ、アフリカのあの、そう、バオバブ、小さなバオバブのようなかたちになり、その枝のさきから、いくつもの顔が咲いているんです、あなたの顔じゃありません、誰か知らない人の顔です、それがいくつも枝のさきに咲いているんです、ほら、

と女はまた画像を送ってきた、

みると、私の背骨はたしかに樹木のように節くれ立った感じになり、丈も伸びて天井に届いてしまうほどだが、ただ、バオバブというのは大げさだな、幹が細すぎる、せいぜい梅の木といったところか、それでも、椎骨ごとにあっちへ曲がったり、こっちへ曲がったりしながら伸びている背骨、それは苦しげな成長のあとを物語っているようで、奇妙なリアル感があるが、そのさきがなんと木の枝のようにふた手に分かれ、そのそれぞれの先端に、たしかに顔のようなものが写っ

ている、女はいくつも、と書いているが、それも誇張で、どうみてもふたつだ、女はたぶん、興奮して言いまちがえたのだろう、でも、たとえていうなら、まるごとの魚を食べたあとの、その魚の、頭と骨だけが残った姿、というような感じで、しかもその顔というのが、顔というよりはお面、アフリカかどこかの、なにかプリミティブなお面で、それがふたつだから、ヤヌスだ、どちらも腫れぼったい目をつむり、鼻は扁平で、ただ口がちがう、片方の口は半開きに開かれ、歌かなにかを歌っているみたいだが、もう一方の口は静かに結ばれて、だからデスマスクのようにもみえる、しかもごていねいに、それぞれの顔の下には蝶ネクタイが結ばれて、何かしらおもしろおかしく祝福されているようではないか、

それは私へのリスペクトであるか、からかいであるか、

じゃ、ほんとうにさようなら、

私はそう応じて、夢遊へと去りつづけるのだったが、

（06：33AM、じゃ、さようなら）
（07：00AM、幽体離脱）
（07：52AM、電車に乗る）
（09：34AM、ターミナル駅）
（10：15AM、解雇通告）
（10：43AM、公園で暇をつぶす）
（11：05AM、ほらほら、これがぼくの骨）
（11：23AM、図書館で『無脊椎動物の驚異』を読む）
（11：53AM、レトロなビルでの出来事）
（00：00PM、目を覚ませ、もう正午だ）
（00：55PM、ランチに鰻を食べる）
（02：03PM、病院に父を見舞う）
（02：26PM、寝ているのは私だ）
（03：42PM、やってみろよ、骨栽培）
（05：31PM、一日延ばし倶楽部）
（07：02PM、骨に顔が咲く）
（08：29PM、皆既月蝕）
（09：23PM、無脊椎男とヘルマフロディット彩香）
（11：45PM、交信）
（11：56PM、一日の最後の恐るべきうようよ、うようよ）
（11：59PM、夢遊へと去る）

だってそうではないか、女は骨栽培がうまくいって、骨のさきに顔を咲かせた、しかも私のではない、べつの者の顔を咲かせたのだ、そうなったらもう、私は戻りようがないし、だってそうではないか、他人の顔が載っている背骨に、どうして私は戻れよう、それはたとえば、放蕩息子が、長い不在のあとに生家に戻ってきたら、すでに親は死んでいて、兄か弟の家族が住んでいるみたいな、したがってもう、

あ、それから、さっきテレビでやっていたけど、今夜は皆既月蝕だそうです、なんでも前回の皆既月蝕では、自殺者が続出して、ネット上でも大騒ぎになったとか、識者によれば、ただでさえ満月新月の時期には月の引力が強くなることが研究でわかっていて、それが月蝕のように惑星や衛星が一直線に並列すると、さらに引力が増すといわれている、月の引力が強くなると、体内の水分バランスが崩れて神経が興奮状態になる、その結果、感情の制御ができなくなり、突発的な行動に出やすくなるというのです、まさかあなたが月蝕が近いせいで家を出たとは思わないけど、気をつけてください、

そっちの今夜とこっちの今夜と、同じ日付とはかぎらないよ、と私はまた思った、ひょっとして、女のほうでも記憶と現在が錯綜し始めているのではないか、でもみてみたいな、

ハロウィン付近、
皆既月蝕、

いずれにしても、不吉な日だ、ひょっとしたら私は、中也の霊魂と同じように、すでに死んでしまっているのではあるまいか、じゃ、さようなら、私はそう言って息を引き取り、ところがその直後、ほんとうに幽体離脱を起こして、私は霊魂として街をさまよっているのではないか、

そういえば、いつだったか、霊魂の重さを測った科学者の話というのを、どこかで読んだ記憶がある、死にかかった患者を秤に乗せたところ、昇天の瞬間、そ

の体重は30グラムほど軽くなったという、その30グラムがつまり、肉体を離れた霊魂の重さというわけだ、

私もそのようにして、霊魂として出社し、解雇され、あるいは解雇されたことを思い出し、公園を歩き、図書館で暇をつぶし、ランチに鰻を食べ、老父を見舞い、いや、老父に別れを告げ、わずかながら親よりもさきに逝く不孝を詫びつつ、今生の別れを告げ、そのあいだにも女は、葬儀屋を呼んで、いやそのまえに、自宅で死んだから検死が必要だったかもしれないな、警察が来て、検死官が私の遺体を調べ、しかしとくに不審な点はなく、ま、病死でしょう、ということになり、心不全とかなんとか、死因が特定されたあとで、女は、なんで、なんでこんな急に、などと嘆くそばから、葬儀屋を呼んでてきぱきと私の葬儀の段取りをすすめ、通夜から告別式へ、告別式から荼毘へ、荼毘から骨を拾う儀式へと、私の亡骸も順調にセレモニーを消化して、それが霊魂である私には骨栽培として幻視された、ということではあるまいか、なぜなら、こうやって言語を使用するかぎり、すべてはすべてから多少とも避けがたくずれてしまうからだ、骨栽培も葬儀のずれに

すぎぬ、では葬儀は何のずれか、私は何のずれか、

同一のままのものは何ひとつない、ある出来事を物語るということが、出来事それ自体からのずれであり、あまつさえ、不可避的に歪曲や隠蔽をも伴うとすれば、記憶も歴史も、想起され語られるたびに、少しずつ変容していくほかないのではないか、われわれは生涯をかけて、自己や共同体についてのいつわりの物語を綴りつづけているのかもしれない、生涯の終わりには、すっかり変わり果てたもうひとりの自己や共同体を完成して、そうしてようやく、それと入れ替わるように、われわれ自身は墓の彼方へと消え去ってゆくのかもしれない、

いや、そもそも、骨のさきに他人の顔が咲いたという話、これはずれのなかでもわかりやすい部類の、つまりおとぎ話だ、女が私を忘却し、あるいは私が女を喪から解き放ち、女は別の男を得たということの、つまりおとぎ話だ、

もちろん、以上はたんなる解釈である、事実はただひとつ、私は背骨とそれ以

外に分離し、背骨は女のところに残って、やがてみずからの先端に他人の顔を咲かせたということ、それ以外は夢遊へと去り、いまもなお、去りつづけているということ、

じゃ、さようなら、

私はロビーのソファから立ち上がり、フロントまで行って空き部屋の有無を訊ね、あるということなので、そのままチェックインしてしまう、どうせ行くあてもない夢遊だ、

有無か、と私は思い出し笑いしてしまった、あのニューハーフの彩香さんはまさに「有・無」で、棒はあるけど玉がないのだった、

風呂場に入ると、Dカップだという美しいかたちの乳房をはじめ、その裸身を惜しげもなくさらす、股間をみるとたしかに棒は残っているが、小さくて包茎だ、

あのギリシャ彫刻の男性像のそれのように、女性ホルモンを打つと小さくなるの、と彼女は言う、でも私はそれが有ることに感動する、両性具有ではないか、ヘルマフロディット、想像でのみ知るあの造化の妙を、私はそのとき目の当たりにしているのだった、

虹橋パークホテル、このあたりではいちばん背の高いホテルだが、渡されたカードキーの部屋番号は１９１７、19Ｆの17号室だろう、

いや、そのまえに夕食だ、どこかで夕食を取ろう、そう思って、ホテル内にあるレストランに入り、赤ワインをグラスで頼み、野菜サラダ付きのカレーを食べる、洋風カレー、どろどろの濃い褐色のルーに肉がごろごろ、可もなく不可もない味だ、だいたいカレーというのはどこも似たような味で、逆にいうと当たり外れがない、それで、メニュー選びに迷ったときはたいていカレーになってしまう、

などと、考えるともなく考えながら食べていると、目の前にすっくと女性が立

っている、膝丈のスカートを穿いて、すらりと伸びた脚、くびれた腰、豊かに盛り上がった胸、と見上げていくと、見覚えのある顎のあたりの輪郭、それから高い鼻梁、派手に反り返った付けまつ毛、ときて、あれっ、あのニューハーフの彩香さんではないか、彩香さん、ですよね、そうです、えっ、どうしてこんなところに？ あなたこそどうして？ いや、その、ちょっと所用があって、と私はやや狼狽し、すると彩香さんは、ちょっと同席してもいいかしら、と遠慮もなく、どうぞどうぞ、それにしても奇遇だなあ、

——みました？

——えっ？

——月蝕、皆既月蝕よ

私はびっくりしてしまう、やはりきょうは皆既月蝕なのか、というか、きょうとはいつなのか、浮く日付のうえ、さっきの病院でのように、こちらの時間も未来へと一気にすすんでしまったのか、わけがわからない、

――ああ、そういえば今夜がそうですよね、でもまだみてないなあ、

――すごい幻想的よ、月蝕ってまっ暗になるのかと思ったら、そうじゃないのね

――へえ

――地球の影がかぶって、月が赤黒くなるの、ブラッドムーンっていうんですって

――ブラッドムーン？

――血の色をした月

私も、まだ半分ほどしかカレーを食べていなかったが、ホテルの外に出て、ブラッドムーンを見上げた、たしかに赤黒い、不思議だ、見ようによっては真っ黒より不吉かもしれない、世界の終末、そうだ世界の終末だ、それがその赤黒い球面に映し出されている、あるいはむしろ、月が小さなディスプレイ画面になって、どこかから送信された赤黒い世界の終末がそこに映し出され、それを地上から私

たちがみている、みたいな、
興奮してレストランに戻り、それから私たちは、さらに10分ほど話をした、彩香さんはもうあの店はやめて、いまはタレント修業のため、ダンスを習ったりしているという、それはいい、ぼくも若かったら習いたいくらいだよ、本も読んでいるという、ニーチェが好き、と聞いて、私は眼を丸くした、意外にも彼女はインテリで、もともと哲学的な本は好きだったが、とくにニーチェを読んで人生観が変わってしまったという、

――それって、ニューハーフになる前?
――なってからよ
――でも、ニーチェのどこに惹かれたわけ?
――うーん、なんかこう、癒されるんですよね、リラックスできるというか

へえ、ニーチェがねえ、とは言わずに、ただ頷きながら、私はワインを流し込

んだ、ふつう、ニーチェといえば、癒されるというよりは励まされる、リラックスできるというよりは心身が緊張的に高揚する、のではないだろうか、なにかべつの思想家と混同してはいまいか、いや、私の読み解きが浅いのかもしれない、なにかべいまどきのニーチェは、トランスジェンダーを癒すニーチェ、なのかもしれない、

――たとえば愛が働く場所があるって言うのね、ニーチェさん

――どこだろう

――善悪の彼岸よ

――ああ、あの『善悪の彼岸』か、ニーチェ後期の本だよね

――そうじゃなくて、愛がはたらく場所、それは善悪の判断や道徳を完全に超越した場所なんですって

――愛からなされるものは、すべてその場所で起きている?

――そう、だから、愛の行ないは、いっさいの価値判断や解釈が及ばないものなわけ、ね、癒されるでしょ

うーん、でもちょっと、癒されるというのとは、ちがうような気もするなあ、それとも、癒されるという言葉の意味が、彩香さんにおいて、私におけるのとは微妙にずれてしまっているのだろうか、言葉とはそういうものだ、意味から意味へとずれてゆくものだ、だから逆にいえば、言葉を言葉たらしめているのは、意味ではない、

——で、お客さんは？

——えっ？

——あ、ごめんなさい、お客さんはないよね、お名前、伺ってもいいかしら

——山川です

——山と川、ですか、なんか変、平凡すぎる

——結構めずらしい名前だよ

——でも、山と川でしょ、どっちかにしろ、みたいな

——いや、案外リアリズムかもしれないよ、ぼくのご先祖は、山あいを川が流れていたあたりに住んでいたんじゃないかな、きっと、渓流とか渓谷とかよ

く言うでしょ
——でも、やっぱりなんか変よ、山、川、合い言葉みたいじゃないですか
——そう言われてもねえ
——ま、いいか、じゃあ山川さん、あれ、でも私、何を訊こうとしてたんだっけ

私はすでにカレーを食べ終わっていた、じゃ、ぼくはこれで、言いながら立ち上がる、何もすることがないくせに、なぜそんなに急ぐのか、自分でもよくわからない、彩香さんは？　彼女はこれからここで私と同じように夕食をとるという、そのあとはどうするのだろう、このホテルで、あるいは枕稼業でもするのだろうか、

（06：33AM、じゃ、さようなら）
（07：00AM、幽体離脱）
（07：52AM、電車に乗る）
（09：34AM、ターミナル駅）
（10：15AM、解雇通告）
（10：43AM、公園で暇をつぶす）
（11：05AM、ほらほら、これがぼくの骨）
（11：23AM、図書館で『無脊椎動物の驚異』を読む）
（11：53AM、レトロなビルでの出来事）
（00：00PM、目を覚ませ、もう正午だ）
（00：55PM、ランチに鰻を食べる）
（02：03PM、病院に父を見舞う）
（02：26PM、寝ているのは私だ）
（03：42PM、やってみろよ、骨栽培）
（05：31PM、一日延ばし倶楽部）
（07：02PM、骨に顔が咲く）
（08：29PM、皆既月蝕）
（09：23PM、無脊椎男とヘルマフロディット彩香）
（11：45PM、交信）
（11：56PM、一日の最後の恐るべきうようよ、うようよ）
（11：59PM、夢遊へと去る）

夕食を終え、彩香さんと別れ、私はこれからどうしよう、とりあえずエレベーターに乗り、そのスケルトンから、外のきらびやかな街景がどんどん眼下にひろがってゆくのを見ながら、19Fで降り、1917の部屋に入り、

1917？　なんかひっかかるな、この数字、そうか、ロシア革命が起きた年と同じだ、いやそれ以上に、私のような詩の書き手にとっては、原点ともいうべき萩原朔太郎の『月に吠える』が刊行された年ではないか、皆既月蝕の月と『月に吠える』の月、いい出会いだ、

その1917の窓辺に立ち、エレベーターからの眺めとはたぶん逆方向の、海のほうへとつづく眼下の街を眺める、あらためて夜だ、ヘッドライトをつけた車の流れ、芥子粒のような人のまばら、あとは闇、ところどころ星団のような光、とりわけきりりと立つインテリジェントビルと荒涼とした埋立地とのコントラストが爽快だ、あいだを縫って、煌々と車内灯を点したモノレールの車両が行く、ゆっくりと、光の蛇がうねっていくように、その向こう、昼ならば海もみえただ

ろう、びっしりと、雲母を敷き詰めたような稠密な波、それは夢遊の究極のようにみえるにちがいない、そのようにして私は、微力ながら全力で、何も起きない一日を築いてきたのだ、そこではもはや何も生じない、何も消滅しないから、

浮く日付のうえ、ハロウィン付近、

ともあれ、このような眺望で一日が締めくくられるのは、ほんとうにすばらしい、もう女からはメールが来ない、女は同窓会にでも出かけたのだろう、数日前、高校の同窓会の通知が郵送されていた、封を開けながら女は、久しぶりに行ってみようかしら、とたしかつぶやいていた、そこに出かけ、昔好きだった同級生と再会する、燃え上がる最後の恋、たとえばこのホテルの一室で、しかもあろうことか、隣室で、なぜなら私の一日は、女の生きている世界の数日、もしくは数ヶ月にもあたるようだから、私の一日のあいだに、女のほうでそのような展開があっても不思議ではあるまい、燃え上がる最後の恋、ふたりとも何となく互いのことが好きだったのだ、それが告白もしないままに、別々のつまらない人生を歩む

ことになり、以下省略だが、いま、ふたりは隣室にいる、

もちろん、まさか私が隣室にいるなんて、ふたりは気づかない、

——いいのか、旦那のことは

——いいのよ、彼、夢遊へと去ったの

——夢遊？

——まあ、ふつうにいえば家出かな、失踪かな、でも彼、詩人だから、そういうありきたりの言葉は使わないの

——で、その、旦那が夢遊へと去った理由は？

——それがわからないの、遺伝子がほしいとかほしくないとか、議論したことはあるけど

——さすが、詩人の妻だなあ、きみの使う言葉も奥ゆかしいよ

——ついでにいえば、彼、家に骨を残してくれちゃって、もうたいへんだったんだから

――まあ、比喩的にいえば、骨のようなもの、残すだろうな、借金とか、何かやっかいなもの、ちがうか、きみのほうで旦那を骨抜きにして、外に放り出した、ということ？

――ううん、そういうレベルじゃなくて、ほんとにほんとの背骨なの

――まさか

私は耳をそばだてる、そのまさかなのよ、と女は言う、言っているような気がする、かすかではあるが、気がする、ほら、幽体離脱っていうでしょ、彼がベッドから起き上がり、夢遊へと去ったとき、幽体離脱みたいに、背骨だけベッドに残って、鉢植えのサボテンみたいに根を張っちゃって、仕方ないから私、水をやったり、音楽を聴かせたりして、育てたんだけど、そしたらきのう、骨のさきに顔が咲いて、笑っちゃった、だって、彼の顔じゃないんだもの、

――それはたぶん、きみの無意識が反映したんじゃないかな、その骨に、ホログラフィーみたいに

——願望ってこと？

——まあそうかもしれない

そうか、そういうことだったのか、私はなおも耳をそばだてる、しばらくは沈黙がつづくが、やがて壁づたいにまた声が漏れてくる、今度は言葉じゃない、あのときの女の声だ、女はうねる、あるいはうねらせているのだろう、自分のそのさざなみのような肌を、最後の、燃え上がる肌を、そして男がうえからかぶさり、女の脚を開かせて、ペニスを挿入する、私は教えてやろう、挿入し、ゆっくりと腰を動かし始めたら、同時に耳に手を添えてやるのだ、おまえの耳は貝の殻、海の響きをなつかしむ、とか何とか、教養のあるところをみせながら、というのも、女はいまどき珍しく、詩が好きなのだ、私と出会う前からそうだった、とくに古い、フランスの詩人たちの詩とかが好きだった、なんでも堀口大學の訳詩集『月下の一群』が愛読書とかで、だからたとえば、おまえの耳は貝の殻、海の響きをなつかしむ、原語のフランス語でもいい、そうやってささやきながら、両手で女の耳を覆うようにする、それから耳の穴を軽く撫でて気持ちよくさせ、高まってきたところで指を入れる、こうすると自分のよがり声が頭のなかで反響するらしく、女は興奮のボルテージを上げてしまうのだ、手のひらで耳をぺたーんとふさぐようにするのもいい、そう、そんな感じ、いや、やめろ、やめてくれ、

馬鹿な、もしかして私は嫉妬しているのか、私のほうから女のもとを去ったというのに、馬鹿な、ありえないことだ、

でも、実のところ、どうなのだろう、私はほんとうに女のもとを去りたいのか、去りたかったのか、だって考えてみれば、ほかに女が出来たとか、そういうことではないからだ、いったん去るふりをして、じつは女の本心を試そうとしたのではないか、むかし男が、あの深草の女に対してしたように、骨を残したのはそのためだ、女は骨を育てる、骨は成長する、すると次第に情のようなものが湧いてくる、骨のまわりについていた肉やら心やら、すなわち私が戻ってきてほしいと思うようになる、女はその思いを私に伝える、それなら、ということで、私はおもむろに踵を返す、ところが、もう遅い、骨の先端に咲いたのは、私のではなく、

他人の顔だった、

馬鹿な、ありえないことだ、

私はもう一度窓際に行き、心を落ち着かせる、なぜなら、私にはいまや、ほかに寄り添う者がいる、alter ego、あたかも窓という透明な皮膚をへだてて、その向こうの闇に映っている、私とそっくりの alter ego、どこまでも一緒に行こう、一瞬それが彩香にもみえ、そうだニューハーフの彩香と一緒にこの都市をさまようというのはどうだろう、無脊椎男とヘルマフロディットと、新しい愛のかたちになるかもしれない、同窓会セックスに及んだ女へのあてつけにもなるし、

彩香のシリコーンの胸はやや硬い、そこが残念だが、仕方ない、でも乳首を舐めてやると、「あん」と女そのもののようにあえぐ、男になったり、女になったり、境界を自在に行き来している感じだ、いや、境界そのものが肉を得たのだ、見れば棒も硬くなっている、

彩香、
alter ego、
彩香、
alter ego、

と何度か切り替わって、こんな眺めがほしかった、私たちの姿と街景とが重なる、夜だ、遠くの、ひときわ光の集まっているところ、そこが虹橋の商業地区なのだろうが、それが銀河中心部のようにもみえる、バルジといったかな、ゴルジといったかな、あそこでは無数の星が生まれては死にを繰り返し、そして中心の中心には、すべてを呑み込む巨大なブラックホールがあるのだ、

もう猶予はきかないと思う
土中のことだ
ハードな仕事になるかもしれない

土中のことだ
もう突き放すべきだろう
土中のことだ

たまさか気づくことがあるように、私たちが夜ごとにみる個々の具体的な夢は、いわば夢のなかの夢にすぎず、そのひとまわり外周に、それらを包む透明な球体のように、もうひとつの夢がひろがっている、それがつまり謂うところの現実である、ではその現実という夢は、誰によって見られているのか、と考えはじめると、邯鄲の夢、どころの騒ぎではなく、

いま何時頃だろう、

私はあわてて部屋を出て、スケルトンのエレベーターに乗り、きらびやかな夜景がどんどん眼の高さになって、頭上になって、1F、そこで降り、さっきカレーを食べたレストランに行って彩香を探した、ヘルマフロディット彩香、だがも

うどこにも彼女の姿はみえない、しまった、一瞬の隙であった、もしやと隣のバー「漣」も覗いてみるが、やはりいない、バーテンダーも藤原さんではなく、べつの若い男だが、不審そうに私をみている、彩香さん、彩香、どこにいるんだ、私は「漣」を出て、ロビーをうろうろ歩き回り、彩香を探す、一瞬の隙であった、さっき誘っていればついてきたかもしれないのに、と思うと余計に残念で、くやしくて、彩香、どこにいるんだ、でも仕方ない、部屋に戻ろうとして、エレベーターのあるほうへ踵を返したが、そのとき不意に足がもつれそうになって、というか、妙に何かが足元に纏わりつく感覚があって、みるとピンポン球だ、それもふたつ、足元でバウンドしながら、ズボンの裾に纏わりついてくる、まるで彩香の失われた睾丸のように、あるいは目玉、彩香の目玉ふたつが、ピンポン球のように、私の足元から離れないのだ、

ついに、とうとう、ようやく、
ふくらはぎから文字列が離れ始めた、
それははじめ、別れがたいようであったが、

まるで藻が水中に漂い出すように離れ、
同時に文字のひとつひとつがばらばら、
ばらばらになって、ゆっくりと地面のほうに落ち、
また落ちてゆくのだったが、落ちたそのいくつかは、
私の足元に寄り添い、AとかRとか、
SとかMとか、草の実かなにかのように、
ズボンの裾にまつわりつきはじめた、
うるさいなあ、歩きにくいじゃないか、
それで私は足で払おうとするが、待て、
あれほど追い求めた文字列の、なれの果てではないか、
いっしょに行こう、そうだいっしょに行こう、
AやRを、SやMを、足元にまつわりつかせて、
どこまでも行こう、私が足を上げると、
AやRも、SやMも、それにつられて高く身を持し、
私が踵を返すと、AやRも、SやMも、

すぐに向きを変える、だがそれから雨が降ってきて、
時雨か、ぱらぱらと大粒のにわか雨で、
地面で雨粒が跳ねると、文字も跳ね、

ワルツ、
私たち、雨粒も文字も私も、
ひとつにされてしまった、

エレベーターにまで、ピンポン球、あるいは目玉、あるいは睾丸はついてきた、どういうメカニズムになっているのか、私の足元で跳ね、音までたてる、軽快な音だ、グロッケンシュピールをでたらめに叩いているような、私のほかにひとり、男の客が乗っていて、まさか、というような顔でそれをみている、なにか奇術でも見せられて、からかわれていると思ったのだろう、トリックを見破ろうと、私のほうに必死に視線を送り込む、17Fで男は降りたが、降りてもドアが閉まるまでエレベーター内を振り返りつづけ、つまり謎は解けず、男はそのあともしばら

く、ピンポン球、あるいは目玉、あるいは睾丸の呪縛から逃れることはできず、
ピンポン球、あるいは目玉、あるいは睾丸は、今度は私が19Fで降りて、廊下を歩くあいだも、ずっと足元にまとわりつき、跳ねる、グロッケンシュピールの響きとともに、そして1917の部屋にまでついてきた、そこで私は、彩香を連れて来ることはできなかったが、かろうじてその一部は持ち帰ることができた、とでもいうように、

今夜はとりあえず、こいつらと一緒だ、

ワルツ、
もうどうしようもなくワルツ、

(06:33AM、じゃ、さようなら)

(07:00AM、幽体離脱)

(07:52AM、電車に乗る)

(09:34AM、ターミナル駅)

(10:15AM、解雇通告)

(10:43AM、公園で暇をつぶす)

(11:05AM、ほらほら、これがぼくの骨)

(11:23AM、図書館で『無脊椎動物の驚異』を読む)

(11:53AM、レトロなビルでの出来事)

(00:00PM、目を覚ませ、もう正午だ)

(00:55PM、ランチに鰻を食べる)

(02:03PM、病院に父を見舞う)

(02:26PM、寝ているのは私だ)

(03:42PM、やってみろよ、骨栽培)

(05:31PM、一日延ばし倶楽部)

(07:02PM、骨に顔が咲く)

(08:29PM、皆既月蝕)

(09:23PM、無脊椎男とヘルマフロディット彩香)

(11:45PM、交信)

(11:56PM、一日の最後の恐るべきうようよ、うようよ)

(11:59PM、夢遊へと去る)

だが深夜、すべては静かになり、隣室での愛の交歓はもとより、あれほど私の足元につきまとっていたピンポン球、あるいは目玉、あるいは睾丸も、すでにどこかに消え、

窓から窓へ、格子から格子へ、孤独な者はまず踊れ、すると他の孤独な者をつぎつぎと呼び寄せ、そこに熱い共同が生まれる、ゆれるハガネの草のような共同が生まれる、

誰？　誰の声？

こうして深夜、すべては静かになり、夜は夜として、きりもなく自己をみつめ、自己を掘り下げてゆくようで、人間の側からすれば、昼間みえなかったものがみえ、聞こえなかったものが聞こえ、だからたとえば、あれほど願われていた背骨との交信が、いまようやく果たされる、

——誰？

——背骨だよ、おまえの背骨

——そうか、ようやく来たな、おまえの声

——待ってたのか

——まあね、いつか交信ができるだろうと思ってはいた

——だったら、戻ってこいよ

——えっ？

——だから、俺のほうから動くわけにはいかないだろうが

——いいのか？

——いいのかって、もともと一体だったわけだから、俺たち——じゃあ、どうしたら戻れる？　もう手遅れじゃないのか、おまえの先端には、俺のではない顔が咲いたというし

——そんなもの、いつだって外せるよ、所詮はお面だからね

——お面？

——おまえには悪いけど、顔なんてペルソナつまり仮面、いくらでも取り替え

がきくんだ、アイデンティティは背骨に住まう
――しかし、女が許さないんじゃないかな、お面だろうと何だろうと、それを咲かせたのは女の丹精の結果なわけだし、しかもそれが俺の顔じゃないってことは、別の男と残りの人生をやり直してみたいっていう、女の願望がきっとそこにあらわれているんだよ
――考えすぎだよ、女はまだ俺たちとの共生を望んでいる、それは保証していい、でなきゃ、俺に水なんかやらないだろ
――そうか、じゃ、信じていいんだな、その、顔の取り替え
――もちろんだ
――で、戻るにはどうすればいい？
考えてみれば、ほとんど衝動的にホテルにチェックインしてしまったが、何泊もできる懐具合ではないし、戻るというのも選択肢の、
だが、ここで交信が途切れてしまった、なぜ？　部屋の灯りが邪魔をしたのか

もしれない、私は灯りを消し、闇のなかの壁をみつめる、交信がまた再開されるようにと、みつめるという以上に、つまり念力をもって壁をみつめつづけ、するとそこに、夜のなかの夜が切り立って、もはや闇ですらない、もっと豊かな混沌、もっと黒い黒い騒擾《そうじょう》があって、なにかがうようよしている、帯状に、渦巻状に、糸くずのようなものが、紐のようなものが、染色体のようなものが、いにしえの民衆の反乱の旗や幟のようなものが、うようよしている、宇宙がそこで終わり、だが同時に、あらためてそこから始まろうとしているような、恐るべきうようよ、うようよ、そして交信が再開される、

——で、戻るにはどうすればいい？

——骨のあるところをみせるんだ

——冗談言うなよ

——そう、半分冗談で言ってるんだ、骨のあるところをみせる、つまり気骨でも反骨でも、比喩としての骨のほうからまず働かせてみるんだ、そうしたら俺への、つまり本物の骨への帰還も果たせるかもしれない、いや、女への帰

還もね

――陳腐だな、それに説教臭いし

――どうとでも言え、でもな、背骨は沈黙の一形式である、その背骨が言っているんだ、それなりに重い意味があるんだ、俺の言葉には

――まあそういうことにしておこう

――それに、ほんとうはおまえ、女と別れたくなんかないんだろ?

――わからない、というか、正確に言うと、夢遊をつづけるうちに、自分でもよくわからなくなっているんだ、すべては成り行きだし、女のほうで愛想尽かししたのかもしれないし

――そういうマイナス思考がいけないんだよ

――詩を書いていると、こよなく否定性が働くんだ

――そんなことはない、否定性を肯定性に変える力こそ、詩じゃないのか

――それはまあ、そうだけど

――とにかく、社会へのルサンチマンなんか捨てろ、きりりとひとり、立ったままでいるんだ

——なんかニーチェみたいだな

——いいじゃないか、似てるのがニーチェなら

——もちろん、異論はないけど

——立ったまま、立ったまま、そのおまえの場所が高まるにまかせるんだ、そしてその場所が危うくされたら、そのときこそ、抵抗するんだ、凛として抵抗するんだ

（06：33AM、じゃ、さようなら）
（07：00AM、幽体離脱）
（07：52AM、電車に乗る）
（09：34AM、ターミナル駅）
（10：15AM、解雇通告）
（10：43AM、公園で暇をつぶす）
（11：05AM、ほらほら、これがぼくの骨）
（11：23AM、図書館で『無脊椎動物の驚異』を読む）
（11：53AM、レトロなビルでの出来事）
（00：00PM、目を覚ませ、もう正午だ）
（00：55PM、ランチに鰻を食べる）
（02：03PM、病院に父を見舞う）
（02：26PM、寝ているのは私だ）
（03：42PM、やってみろよ、骨栽培）
（05：31PM、一日延ばし倶楽部）
（07：02PM、骨に顔が咲く）
（08：29PM、皆既月蝕）
（09：23PM、無脊椎男とヘルマフロディット彩香）
（11：45PM、交信）
（11：56PM、一日の最後の恐るべきうようよ、うようよ）
（11：59PM、夢遊へと去る）

まあそういうことにしておこう、

孤独はあまりいじらないこと、孤独を孤独のままに、それが深まるにまかせておくと、やがて底のほうから奇妙な笑い声が立ちのぼってくる、きみ自身のでありながら、これまで聞いたことのないような、どこかよそから来たような声だ、つまり、きみはもう孤独ではなくなったのである、

誰？　誰の声？

交信のあと、ベッドに横たわり、自分の無脊椎をあらためて検分してみて、もっとも鬱々としているようにみえるのは、やはり陰嚢であろうか、なんだこいつは、その点、女性はいい、肝心のところがあらかじめ陥没しているのであるから、それから、彩香もすばらしい、みずからの意志でその鬱々を切除したのであるから、

それから、寝返りを打ち、闇のなかの壁にふたたび目を凝らす、すると一日の終わりの恐るべきうようよ、うようよ、それがみるみる女のかたちを成し、私の背骨に顔を咲かせた女だ、女は、溺れかけて救いをもとめる人のように、口をOのかたちに開けて、なにか叫びながら、私から遠ざかろうとしている、でも私はどうすることもできない、あるいは、私がそのOから遠ざかろうとしている、

のかもしれない、まばたくと、口をOのかたちに開けているのは彩香だ、ヘルマフロディット彩香、あの日、サービスのあと、私の隣で、欠伸をするために大きく口を開けた彩香のO、金と引き換えに抱かれたばかりだというのに、何の屈託もなく開けられたO、いやそれ以上に、世界のあらゆる屈託を呑み込んでしまうような、ある意味ではそら恐ろしい、豊かな虚無ともいうべきO、それが開かれ、ピンクの舌がすこし官能的にのぞいて、あとは闇、深い肉の闇、

それから父のあの歯のない深淵、のぞくとこっちまで吸い込まれてしまいそうな、するとそれが呼び水となって、つぎつぎとパレードのように、同窓会セック

スの燃え上がる肌、彩香のやや硬いシリコーンの胸、光る優雅な蛇、私の背骨に咲いた腫れぼったいヤヌス、原始的な心臓が7個もあるメクラウナギ、牛の顔を守る鎧のような蛾、京極さんの黒いパセリのような肺葉、いたずらにしらじらと突き立つ私の背骨、エトセトラ、エトセトラ、つぎつぎとパレードのように、一日の最後のうようよはさらにつづく、不吉なブラッドムーン、ターナーの絵のような夕焼け、動かない観覧車、三十数個の椎骨のあいだを流れ下る水、死の零落、腹をうえにして伸びているこの世の底なしの根底、パフォーマンス的に排泄する男たち、空の青にまでつづいている空き時間、始原の空気のなかで遊びたわむれている太陽と星と女、

それからまた文字列、中原中也詩集より「骨」、アンリ・ミショー詩集より「プリュームは旅する」、ジャン＝ポール・サルトル『嘔吐』、フランツ・カフカ『変身』、『無脊椎動物の驚異』、『BONES』、ジョルジュ・ラ・トゥール「終夜灯のなかのマドレーヌ」、高浜虚子句集より「桐一葉日当たりながら落ちにけり」、グスタフ・マーラー「交響曲第5番」より第4楽章アダージェット、伊勢物語百二

十三段、フリードリッヒ・ニーチェ『善悪の彼岸』、堀口大學訳詩集『月下の一群』よりジャン・コクトー「カンヌ」、

それらが、映画の最後に流れるクレジットタイトルのように、ありがとう、さようなら、ありがとう、さようなら、

どんなに空中を自由に飛び回っても、鳥は結局、自分の影のうえに降り立つしかない、

ふと、自慰でもしてやろうか、

性交は相手を必要とするが、自慰はそうではないので駄目だという説は、しかし必ずしもあたらない、自慰のほうが想像力を必要とする分、より生産的であるといえるかもしれない、作家は性交しながら書きはしないが、自慰しながら書くということはありうる、飛ぶわ飛ぶわ、犬も乳房も曼珠沙華も、

なにか困難な問題に直面したら、とりあえず夢遊に出てみることだ、まず夢遊は思考のスローダウンを促すから、拙速な問題解決を避けることができる、それだけではない、思考がゆるやかになるにつれて、意味深い逸脱や寄り道がもたらされ、さらには、そこを通って、思いのほかの高揚感とともに、拙速とは別様の奇妙な思考のスピードが生じてくるのだ、それが、まわりまわって、最善の解決案をもたらしたりもする、

われわれはどこから来てどこへ行こうとしているのか、それは答えるまでもない、いまどこにいるのか、それが最大の謎である、

おそらく、ひとが行為をするのではない、行為がひとをつくり、そしてたちまち、ひとを突き抜けてゆくのであろう、

行為は夢、ひとはその脱け殻、

（06：33AM、じゃ、さようなら）

（07：00AM、幽体離脱）

（07：52AM、電車に乗る）

（09：34AM、ターミナル駅）

（10：15AM、解雇通告）

（10：43AM、公園で暇をつぶす）

（11：05AM、ほらほら、これがぼくの骨）

（11：23AM、図書館で『無脊椎動物の驚異』を読む）

（11：53AM、レトロなビルでの出来事）

（00：00PM、目を覚ませ、もう正午だ）

（00：55PM、ランチに鰻を食べる）

（02：03PM、病院に父を見舞う）

（02：26PM、寝ているのは私だ）

（03：42PM、やってみろよ、骨栽培）

（05：31PM、一日延ばし倶楽部）

（07：02PM、骨に顔が咲く）

（08：29PM、皆既月蝕）

（09：23PM、無脊椎男とヘルマフロディット彩香）

（11：45PM、交信）

（11：56PM、一日の最後の恐るべきうようよ、うようよ）

（11：59PM、夢遊へと去る）

浮く日付のうえ、ハロウィン付近、
じゃ、さようなら、

＊本作品は、「すばる」２０１３年10月号に「骨栽培」として初出。単行本化にあたって、『骨なしオデュッセイア』と改題し、大幅な加筆を施した。

野村喜和夫（のむら・きわお）

1951年埼玉県生まれ。早稲田大学第一文学部日本文学科卒。戦後世代を代表する詩人のひとりとして、現代詩の先端を走りつづけるとともに、小説・批評・翻訳なども手がける。詩集に『川萎え』『反復彷徨』『特性のない陽のもとに』（歴程新鋭賞）『風の配分』（高見順賞）『ニューインスピレーション』（現代詩花椿賞）『スペクタクル』『ヌードな日』（藤村記念歴程賞）『現代詩文庫・野村喜和夫詩集』、評論に『現代詩作マニュアル』『萩原朔太郎』（鮎川信夫賞）『証言と抒情——石原吉郎と私たち』など。また、英訳選詩集『Spectacle & Pigsty』で2012 Best Translated Book Award in Poetry (USA) を受賞。近著に詩集『デジャヴュ街道』、評論『哲学の骨、詩の肉』。

骨なしオデュッセイア

二〇一八年六月一〇日　第一刷発行

著　者　野村喜和夫
発行者　田尻　勉
発行所　幻戯書房
郵便番号一〇一 - 〇〇五二
東京都千代田区神田小川町三 - 一二
電　話　〇三 - 五二八三 - 三九三四
FAX　〇三 - 五二八三 - 三九三五
URL　http://www.genki-shobou.co.jp/
印刷・製本　中央精版印刷

定価はカバーの裏側に表示してあります。

ISBN978-4-86488-148-7　C0093